몸이 말이 될 때

몸이 말이 될 때

우리의 세계를 넓히는 질병의 언어들

초판 1쇄 펴낸날 2022년 4월 25일

지은이 안희제, 이다울
펴낸이 이건복
펴낸곳 도서출판 동녘

책임편집 박소연
편집 구형민 정경윤 김혜윤
마케팅 임세현 박세린
관리 서숙희 이주원

등록 제311-1980-01호 1980년 3월 25일
주소 (10881) 경기도 파주시 회동길 77-26
전화 영업 031-955-3000 편집 031-955-3005 전송 031-955-3009
블로그 www.dongnyok.com 전자우편 editor@dongnyok.com
페이스북·인스타그램 @dongnyokpub
인쇄·제본 영신사 라미네이팅 북웨어 종이 한서지업사

© 안희제·이다울, 2022
ISBN 978-89-7297-026-2 (04810)
ISBN 978-89-7297-027-9 (세트)

몸이 말이 될 때

우리의 세계를 넓히는 질병의 언어들

안희제 × 이다울

동녘

표지 설명

표지의 가장 위에 보라색 두 줄이 있다. 첫째 줄 위에 이 책의 제목, 《몸이 말이 될 때》가 쓰여 있고 오른쪽 상단 귀퉁이에 부제인 "우리의 세계를 넓히는 질병의 언어들"이 쓰여 있다. 보라색 둘째 줄 위에는 저자인 안희제, 이다울이 쓰여 있다. 이름 사이에 공저임을 뜻하는 곱하기 표시가 있다. 그 아래부터 책의 3분의 2는 연한 초록색 배경이고, 오른쪽 상단 귀퉁이에서 반대편인 왼쪽 가운데로 굵고 넓은 보라색 곡선이 솟았다가 아래로 꺼지는 모양으로 그려져 있다. 곡선의 끝에는 흰 구슬이 있다. 같은 형태의 곡선이 위의 곡선과 마주본 형태로 붙어서 엮여 있다. 오른쪽 곡선의 위쪽에 흰 구슬이 있다.

—

표지 디자인은 기본적으로 시각 디자인입니다. 그래서 시력이 나쁘거나, 시각장애가 있는 사람들 중에는 표지 디자인을 충분히 느끼지 못하는 이들이 있습니다. 동녘은 맞불 시리즈의 전권에 이 같은 표지 설명을 적어둠으로써 각 책이 전자책이나 오디오북 등으로 만들어졌을 때, 표지 디자인을 시각 외의 감각으로도 전달하고자 합니다. 동녘은 앞으로도 책을 사랑하는 모든 이의 더 평등하고 쾌적한 독서 경험을 위해 노력하겠습니다.

인사말

실패할 수밖에 없어서 재미있는 일

◦

편지를 자주 쓰지도 않고, 잘 쓰지도 못하는 내가 이 기획을 빠르게 수락한 이유는 무엇이었을까? 기본적으로는 질병에 관한 이야기가 더 많이 나와야 한다고 생각했다. 하지만 그게 꼭 편지의 형태일 이유가 있을까? 당시에는 이 지점까지 고민하지 않았다. 편지를 여러 통 꾸준히 주고받는 일이 처음이라 재미있을 것 같았고, 그 상대가 나와 비슷한 경험을 했으면서도 다른 결의 글을 쓰는 사람이라는 점에서 더욱 재미있을 것 같았다. 목차가 차곡차곡 쌓여 있는 기획도 믿음직했다.

어떤 일들은 할수록 쉬워지고 능숙해지지만, 어떤 일들은 할수록 어려워지고, 내가 잘하고 있는지 확신이 서지 않는다. 편지를 모두 쓰고 나서 인사말을 작성하는 지금 돌아보면, 내게 편지를 나누는 일은 후자에 가깝다. 독자가 다울 님뿐이었다면 조금 달랐을 수 있겠지만, 우리 편지의 수신인에는 언제나 편집자님이 있었고, 당신처럼 이 글을 읽을 미지의 독자들도 고려해야 했다. 본래 편지란 사적인 맥락을 공유하는 두 사람이 서로에게 가장 잘 닿을 수 있는 형태인데, 출판을 염두에 두고 쓰다 보니 내가 누구와 얼마큼의 맥락을 공유하는지 제대로 가늠하기 힘든 상태에서 쓸 수밖에 없던 게 이곳의 편지들이다.

혼자 쓰는 에세이가 아니라 상대와 나누는 대화이기에 쓸 수 있는 글을 쓰되, 누가 읽든 함께 고민할 수 있는 글을 써야 한다는 딜레마는 내게 미국의 페미니스트 정치학자 아이리스 매리언 영Iris Marion Young이 《차이의 정치와 정의》에서 비판한 정의론의 기본적 목표를 떠오르게 했다. 그에 따르면 정의론이란 인간·사회·이성의 본성에 관한 몇 개의 전제들로부터 (거의) 모든 사회에 적용될 수 있는 정의의 원리를 도출하는 이론이다. 영은 특수한 현실의 맥락을 초월하면서도 현실의 문제에 개입하려는 정의론이 언제나 다음의 두 가지 중 하나로 실패할 수밖에 없다고 지적한다. 정말 보편적이고 현실의 맥락을 초월하는 정의론은 너무 추상적이라

전혀 실용적이지 않고, 현실의 문제에 제대로 개입할
수 있는 이론이려면 그 특수한 현실에 얽힌 역사와 같
은 맥락들을 고려하느라 보편성을 놓치기 때문이라는
것이다.[1]

　　이 부분이 떠오를 때마다 다음의 질문을 멈출 수
없었다. 출판되는 편지의 딜레마는 정의론과 마찬가지
로 특수와 보편을 동시에 취하려는 데서 실패하는 것이
고, 그래서 어쩌면 우리의 편지도 실패할 수밖에 없는 기
획인 건 아닐까? '이 부분은 내가 조금 더 자세히 설명했
어야 했는데', '저 부분은 저렇게까지 길게 안 썼어도 되
었을 것 같은데' 하는 나의 아쉬움들이 모두 그 딜레마
로 설명되는 듯했다. 그러나 이 결론에는 결정적인 결
함이 있었다. 내가 왜 편지를 기다리고, 다시 실패하고
있다고 느끼면서도 편지를 쓰는 게 재미있는지는 설명
해주지 않는다는 것이었다. 사실 기획의 수락부터 편지
를 주고받는 과정 내내 나에게 가장 중요한 게 바로 그
'재미'였는데도!

　　두 사람 다 첫 책으로 자신의 질병 서사를 내놓았
고, 함께한 대화 형식의 인터뷰[2]에서도 서로의 이야기
에 수없이 공감했지만, 편지를 쓰는 내내 점점 분명해
진 건 우리가 너무도 다르다는 사실이었다. 전에 다울

님의 책《천장의 무늬》를 읽을 때도 글을 쓰는 결이나 관점이 조금 다르다고는 생각했지만, 내 책상 위에 놓인 그 책에 가득 붙은 포스트잇들은 대부분 "아, 그래, 그렇지!" 하며 읽은 문장들을 가리키고 있었다. 이 책의 기획에 대해 이야기하러 처음 모인 날에도 다울 님과 내가 대화를 함께 나눌 수 있는 '공통점'들이 주로 등장했다. 하지만 편지가 진행될수록 우리의 차이가 두드러졌다. 둘 다 드물고, 치료 안 되고, 면역 체계에 문제가 있는 질병을 겪는다고 하지만, 그런 질병들도 워낙 하나하나가 다르고, 질병의 경험 또한 성별 등의 다양한 변수에 따라 천차만별이다. 공통된 무엇을 중심으로 이야기를 이어가려던 처음의 기획은 보기 좋게 실패해갔다.

바로 그 지점에서 비로소 편지가 왜 재미있는지, 왜 질병의 이야기가 편지로 나와야 하는지 느꼈다. 우리는 다르고, 생각보다 많이 다르고, '질병'이라는 같은 단어 안에서 묶이는 데에 끊임없이 실패한다. 편지에서는 이 실패를 감추기가 특히 어렵다. 나와 상대방이 자신을, 또 서로를 포기하지 않는 한, 상대의 이야기를 들으면서도 어떻게든 나의 이야기를 전달하려는 노력이, 반박하거나 질문하면서 상대의 이야기를 이해하려는 노력이 사라지지 않는 한 말이다. 오랜 시간 주고받는

편지에서 나타나는 그런 실패들은 오해뿐 아니라, 노력
도 함께 보여주고 있는 듯했다.

　다울 님의 책에 붙여둔 포스트잇들 중 하나는 다음
의 문장이었다.

　　나는 병명을 갈망하는 동시에 질병에 속박당하게 될까 봐
　　두려웠다.[3]

　내가 아프다고 말할 때, 혹은 내가 질병이 있다는
사실이 알려질 때, 나는 내가 질병으로만 규정되고 환원
될까 두려웠다. 그래서 질병의 이야기를 구체적으로, 다
양하게 쓰려고 노력했다. 그런데 역설적으로 그럴수록
나는 환자로 환원되곤 했다. 내 글이 어디서 실패하고
있는지 너무도 궁금했다. 뭐가 문제인지, 나는 뭘 해야
'환자'가 아닌 '사람'으로 인식될 수 있는지 고민해야만
했다. 질병이 꾸준히 등장하기는 하지만 질병에 관한
대화라고 하기는 어려운 편지들을 다시 읽어보며, 그런
환원을 벗어나기 위해 새로운 내용이 아닌 새로운 형
식의 글을 시도해봐야 했던 건 아닐까 생각했다. 쓰는
사람조차 다음에 무슨 이야기를 쓰게 될지 아직 모르
는, 적어도 절반이 내 통제 바깥에 있는 그런 글. 하나

의 주제로 매끈하게 연결하려고 노력해도 실패할 수밖에 없는, 오히려 실패하기 때문에 재미있는 그런 글.

한 명의 구체적인 사람에게 편지를 쓰면서 동시에 누군지 아직 모르는, 이 글을 읽고 있는 당신에게 글을 쓰느라 나의 글은 꾸준히 실패했고, 다음 편지를 예측하기 힘들어서 나 자신의 편지들 사이에서 일관성을 갖추는 데에도 실패했다. 그래서 나에게 편지란 실패하는 글쓰기였다. 그리고 실패하는 글쓰기란 단번에 누군가를 이해하지 못해도 괜찮고, 우리가 같지 않아도 괜찮다는 어쩌면 새삼스러운 사실이 마음에 와 닿는 글쓰기였다. 나와 당신이 다르다는 사실에 차근차근, 멈칫하며 다가가는 과정은 쉽지 않아서 재미있었다. 그리고 이 재미있는 실패의 과정에서 우리를 질병으로든 무엇으로든 환원하려는 시도 또한 함께 실패하리라 믿는다.

아무리 서로의 차이가 드러난다 할지라도 결국은 이해와 공감이 목표라고 누군가는 말할지도 모르겠다. 실제로 우리의 편지에서도 그런 대목들이 존재할지도 모르고. 이해와 공감을 포기하자는 것도, 거부하자는 것도 아니다. 다만 설령 이해와 공감을 목표로 한다고 할지라도, 그 과정에서 생기는 충돌들을 거부한다면 우

리는 어디로도 나아갈 수 없다. 어떤 일들은 실패하기
때문에, 실패할 수밖에 없어서 재미있을 수도 있다는
사실을 편지로 배웠다.

안희제

차례

발견되는 말들

"

이다울

복권에 당첨된다면

안녕하세요, 희제 님. 더운 여름 잘 나고 계신가요? 저는 팬티만 입은 채로 이 편지를 쓰고 있습니다. 첫 번째 편지인 만큼 저희가 영등포에서 만난 때를 떠올려볼까 해요. 앗, 그 전에 잠시 그로부터 한 주 전, 희제 님을 맨 처음 만났을 때로 먼저 돌아가 볼게요.

저는 그때 모 신문사가 비슷한 시기에 각자가 가진 만성질환을 주제로 책을 낸 저희를 '대담'이라는 이름하에 부른다고 해서 엄청나게 긴장하고 있었어요. 대담이라니, 그런 건 나이 지긋한 대가들이나 하는 줄 알았습니다. 저는 쿵쾅대는 마음으로 희제 님의 에세이 《난치의 상상력》을 읽기 시작했습니다. 읽는 내내 동질감으로 충만해지는 책이었어요. 내 몸이 언제 어떻게 아플지 알 수 없어 약속을 급하게 취소하는 모습, 음식을 선택할 때 최대의 일탈이 밥버거라는 웃지 못할 사실,

질병이 겉으로 드러나지 않아 자신을 의심하는 사람들에게 "안 아파 보이는 나를 용서해"달라는, 역시나 웃지 못할 말 따위의 것들이 그랬습니다.

좋은 책을 만날 때면 늘 그런 것처럼 방 안을 수선스럽게 활보하거나 베개를 퍽퍽 때려가며 읽었습니다. 훌륭한 책을 읽고 나니 더욱더 대담은 할 수 없다고 느껴져 질병에 관한 책을 급하게 들추어보기도 했습니다. 근사한 대담을 하고 싶던 모양입니다. 기자님들께 사전에 메일로 받은 질문지도 깨알 같이 채워보았습니다.

신도림의 한 스터디카페에서 우리는 첫 번째로 만났습니다. 그곳에는 30년 이상 신문사에 몸을 담고 있으신 두 기자님도 계셨지요. 저는 답변이 적힌 공책을 꺼냈고 희제 님은 휴대폰 메모장을 열었습니다. 저는 희제 님이 빽빽하게 채워온 메모장을 살짝 훔쳐보고는, 또 한 번 동질감을 느꼈습니다. 그날의 만남은 다행스럽게도 사전에 받은 질문 외에는 답변하지 않아도 되고, 대담과는 거리가 먼 방식으로 진행되었습니다. 그래서 우리는 메모한 것들을 착실히 읽어나갔습니다.

그리고 우리는 영등포의 한 커피숍에서 두 번째로 만났습니다. 그 커피숍은 어릴 적 특별한 날이면 가던 패밀리 레스토랑을 닮아 언젠가 들어가 보고 싶던 곳이었어요. 예상한 대로 아주 구식의 혹은 복고풍의 인테리어가 펼쳐져 있었죠. 무거운 녹색의 의자들과 여기저기 부착된 가짜 꽃 장식들을 구경하느라 2층으로 올라가는 발걸음이 더뎠어요. 계단을 다 오르자 얇은 머리칼이 덥수룩이 내려앉은 희제 님의 뒤통수가 보였습니다. 테이블 위에 엎드린 희제 님의 모습은 마치 제 모습 같았습니다. 잠시라도 몸을 기댈 수 있다면 어김없이 눕거나 기대거나 엎드리는 저의 모습 말이에요. 네, 저는 희제 님을 두 번째 만나던 날에도 역시 멋대로 동일시를 하고 있었습니다.

　얼마 지나지 않아 우리의 편집자님이 상기된 얼굴로 계단을 올라왔지요. 저희 셋 정말 누구 한 명 빠지지 않고 줄기차고 가열차게 떠들더군요. 두 명의 만성질환자가 편지를 나눈다는 이 기획에 대해 우리 모두 할 이야기가 아주 많았나 봐요. 이야기의 막바지는 저처럼 섬유근육통*을 앓고 있는 가수 레이디 가가 님의 음악

---

*　특별한 원인 없이 신체 여러 부위의 통증, 피로, 수면 장애 및 인지 장애 등이 3개월 이상 만성적으로 계속되는 질환이다. 특히 30~50대에서 흔하게 발생하며 여성의 발생 비율이 남성보다 9배 정도 높다(서울아산병원, 〈질환백과〉). 섬유근육통 환자는 첫 증상을 경험한 뒤 제대로 된 병명을 진단받기까지 평균

으로부터 현 국회의원 장혜영 님의 음악으로 옮겨갔습니다. 희제 님이 제게 장혜영 님의 다큐멘터리 〈어른이 되면〉의 수록곡, 〈무사히 할머니가 될 수 있을까〉라는 제목의 노래를 알고 있느냐고 물었죠. 우리 이 제목을 가지고 무얼 하나 써봐도 좋겠다면서요. 저는 대충은 알고 있지만, 자세히 모르니 잘 찾아보겠다고 했습니다.

셋이서 힘차게 떠든 지 두 시간 정도 지나자 저와 희제 님의 낯빛은 점점 창백해져갔습니다. 서점에 들르신다는 편집자님을 배웅한 뒤에 우리는 함께 지하철역을 걸었지요. 그리고 서로의 충분한 휴식을 기원한 뒤 각자의 집으로 돌아갔습니다.

우리의 두 번째 만남 이후 저는 '할머니'라는 단어를 머릿속에서 종종 굴려보았습니다. 저는 사실 평소에도 할머니라 자주 불리는데요. 제 얼굴에 아이와 할머니가 함께 공존한다나요. 그러고 보니 희제 님도 아이와 노인의 얼굴을 함께 가지고 계신 것 같아요. 그런데

2~3년이 걸린다. 그동안 평균 3.7명의 의사를 거치며, 환자의 84퍼센트는 여성이다(하미나, 《미쳐있고 괴상하며 오만하고 똑똑한 여자들》, 동아시아, 2021, 16~17쪽).

또 곰곰이 생각해보면 모두의 얼굴이 그런 것도 같네요. 한 노인의 얼굴에서 그가 아이였을 시절의 생김새가 설핏 지나가거나, 한 아이의 얼굴에서 그가 자라 갖게 될 생김새가 또 설핏 지나가던 순간들이 떠올라요.

그런데 막상 저는 제가 노인이 될 미래는 생각해본 적이 별로 없는 것 같아요. 어려서부터 돌연사, 객사와 같은 것을 염두에 두고 살았거든요. 갑작스러운 죽음은 누구에게나 닥칠 수 있는 것이니까요. 그렇다고 해서 욜로족은 아닌 것이, 인생이 한 번뿐이란 이유로 대담해지기엔 제 간이 좀 작은 것 같아요. 그리고 몸이 지속적으로 아프기 시작한 뒤로는 가까운 미래조차 생각하지 않게 되었습니다. 몇 해는 물론이고 며칠 뒤도 예측이 어려운 것은 희제 님도 마찬가지겠지요.

어느 날 한 친구와 전화로 수다를 떨다가 미래에 관해 이야기할 일이 생겼습니다. 그는 건강한 육체와 정신을 유지하려 다분히 애쓰는 친구입니다. 작년에는 타국에서 학교를 다니며, 매일 점심마다 호숫가로 달려가 수영을 하거나 나룻배를 몰았다고 하더군요. 나룻배에 관한 이야기를 할 때면 어찌나 행복해 보이던지 저에 비해 찬란하고 건장한 그의 신체에 질투가 났습니다.

우리는 복권에 대해 말했어요. 제가 입버릇처럼 꺼

내는 시시껄렁한 주제였죠. 복권을 사본 적은 없지만, 갑자스레 떼부자가 되고 싶다는 말을 하는 대신 그냥 복권에 당첨되고 싶다고 하는 겁니다. 그러자 친구는 복권에 당첨되면 하고 싶은 것에 대해 말해보자고 했습니다. 당첨 금액을 같이 사용하는 조건하에 말이죠.

그런데 막상 상상을 해보니 아무 생각이 들지 않았습니다. 그동안 미래를 꿈꿔본 적이 별로 없으니까요. 만약 저 혼자 써야 한다면 제일 먼저 각종 검진을 받아볼 것 같은데요. 둘이 써야 한다니까 더 막막하던 것 같습니다. 그래서 그에게 하소연했습니다. 너와 함께 무언가 일을 벌이기엔 내 몸이 성치 않다고요. 그러자 그는 이것은 서로를 설득시키는 게임이라며 덤벼보라고 저를 자극했습니다.

제가 곰곰이 생각을 하는 동안 그는 자신의 제안을 먼저 건넸습니다. 우선 독일식 빵집을 열잡니다. 그러기 위해서는 유학을 가야겠다는데요. 자신이 즐겨 가던 빵집에서 일하는 수준급의 제빵사에게 기술을 하사받고 싶답니다. 제빵 기술을 완벽하게 배운 다음에는 빵집을 운영하며 문하생을 키우자고 하더군요. 그리고 자신의 제안이 설득되느냐고 물었지요. 저는 그가 청산유수로 쏟아내는 창창하고 짱짱한 계획에 압도되어 그렇다고 했습니다.

이제 제 차례가 되었습니다. 저는 열대 과일을 좋아하기 때문에 우선 망고와 코코넛, 파파야와 망고스틴 같은 열대 과일을 잔뜩 사 먹자고 했습니다. 그리고 숲 근처에 집을 한 채 얻은 다음 상추나 깻잎 같은 것을 뜯어 먹으며 살자고 했습니다. 잠깐의 상상일 뿐인데도 너무 한가롭고 낭만적이어서 조금 부끄러웠습니다. '다 큰 녀석은 공상 금물'이란 생각 때문에요.

하지만 상상 속에서도 여전히 현실적인 것은, 제가 아픈 몸을 지녔다는 것이었습니다. 열대 과일의 과육이 입속에서 터지며 흘러내리는 곳에는 저의 통증과 발광, 피로와 울음이 함께였습니다. 그러니까 저는 '난치의 상상력'을 발휘해보고 있었습니다. 바로 희제 님의 책 제목처럼요. 그나저나 상상 속에서는 돈이 무한정 많다고 생각하니 아파도 꽤나 살 만하더군요. 돈이 무한정 없어도 살맛나면 얼마나 좋을까요.

장혜영 님이 만든 다큐멘터리의 제목인 〈어른이 되면〉은 중증발달장애를 가진, 장혜영 님의 동생 장혜정 님이 시설에 계실 때 입버릇처럼 반복하던 말입니다. 자유로운 외출이나 사람들과의 만남 등 많은 것을 금하는 시설에서는 혜정 님이 곧 서른이 다 되어가도 어른이 되는 것을 유예시키고 있었습니다. 혜정 님은 18년 만에 시설에서 나왔습니다. 그리고 언니 장혜영 님이 이제 이렇게 노래합니다.

> 무사히 할머니가 될 수 있을까.
> 죽임당하지 않고 죽이지도 않고서
> 굶어 죽지도 굶기지도 않으며
> 사람들 사이에서 살아갈 수 있을까.

희제 님은 《난치의 상상력》에 이렇게 썼습니다.

'비정상'과 '정상'이 공존하고 둘이 잘 구분되지 않는 애매한 인간인 나는 '청춘'이 아닌 '아픈 청춘'으로 살고자 결심했다. 그리고 그런 내가 생존하기 위해 좀 느리고 아파도 배제되지 않는 세상을 만들어보겠다고 결심한다. 나는 아프지만 살아 있고, 아프게 살 것이다.[1]

희제 님이 상상하는 미래라면 왠지 무사히 할머니가 될 수 있을 것만 같습니다. 저는 여전히 신을 저주하거나 세상을 저주하거나 저 자신을 저주하지만, 희제 님의 결심을 떠올릴 때면 잠시라도 할머니가 될 미래를 상상하고 싶어집니다.

　희제 님은 복권에 당첨된다면 어떤 일을 벌이며 어떤 삶을 살고 싶으신가요? 물론 여전히 아픈 몸을 가지고 있다는 전제하에서 말이에요. 희제 님이 꿈꾸는 구체적인 삶의 모양이 궁금합니다. 저는 이만 이따금 많은 것을 저주하고 이따금 허황된 꿈을 꾸고 이따금 뜨거운 결심을 마주치며, 희제 님의 편지를 기다려보겠습니다. 여름의 폭염이 조금 누그러지길 바라며.

2021년 7월 21일

안희제

여전히 살아 있다면

안녕하세요, 다울 님. 더운 여름 잘 나고 있으면 좋겠는데 잘은 모르겠습니다. 다울 님은 원래 지내시던 집을 떠나서 방학 동안 쓰고 읽는 데에 집중하고 계시다고 알고 있는데, 부디 그곳은 제가 지내는 곳보다는 덜 덥고 덜 습했으면 합니다.

저는 난데없이 강화도의 한 펜션에서 이 편지를 쓰기 시작했어요. 요즘 가장 자주 함께 노는 친구들과 어김없이 만나서 놀다가 정말 난데없이 결정된 강화도행, 그리고 지금은 둘 다 자고 저만 깨어 이렇게 노트북을 펼친 새벽 3시 24분입니다. 어쩐지 이틀 연달아 안 깨고 잘 잔다 싶더니, 역시나 이렇게 저의 '평범한' 생활 패턴이 돌아오네요. 잠깐이지만 행복한 이틀이었습니다.

복권에 당첨되면 무엇을 할까. 쉽지 않은 질문입니다. 사실 저는 복권을 몇 번 사본 적도 있는데요. 슈퍼나 편의점에서 직접 카드나 지폐를 내밀고 사는 것이 아니라 휴대폰 앱을 사용하니까 결제라는 걸 참 쉽게 하게 되더군요. 비록 성적은 좋지 않았으나, 지난 학기 행동경제학 수업에서 결제 수단이 바뀌면 결제의 빈도나 액수에도 차이가 생긴다고 배운 게 떠오르는 걸 보니 공부를 아주 헛으로 하진 않은 모양입니다. 복권은 사실상 당첨될 리가 없는데도, 그 액수가 워낙 크니 사람들이 그 액수에 초점을 맞추어 계속 복권을 산다는 것도 배운 것 같네요.

아마 자꾸 이렇게 수업 이야기를 하는 것은 그만큼 제가 당시에 복권을 왜 샀는지, 혹은 당첨되면 무엇을 할지에 대해 충분히 고민해본 적이 없기 때문일 것 같습니다. 아니면 그 주제를 피하고 싶거나요. 저는 속내를 말하기 싫을 때면 꼭 추상적인 화제로 말을 돌리곤 하는 것 같거든요.

그래서 우선은 잠시 다른 곳으로 새보려 합니다. 처음 만난 때를 회상하시니 저도 그때가 떠올라요. 저는 당시 제가 과연 처음 만나는 사람과 편하게 대화할 수 있을지 걱정을 많이 했어요. 다울 님은 어떻게 느끼셨을지 모르지만, 저는 생각보다 사회성이 그리 좋지 않은 편입니다. 사회적 거리 두기가 시작되기 전에도 네 명이 넘는 모임은 회의와 같은 업무 외에는 웬만하면 피하는 편이었고, 사적인 만남으로 누군가와 친해지는 것에도 익숙지 않습니다.

그날 다울 님을 뵙자마자 대담 전에 사진부터 찍은 것으로 기억하는데, 인사만 간신히 하고 바로 '웃으며 대화하는 모습'을 연출하려고 어색하게 미소 지으며 손을 휘적대던 저를 기억하시나요? 저는 그때 뚝딱거리는 저 자신을 견디느라 바빠서 다울 님이 어떠셨는지는 잘 기억이 나지 않을 정도입니다. 다행히 결과물은 생각보다 자연스러웠지요.

그런데 인터뷰 장소로 들어가서 대화를 시작하면서, 그 어색함이 조금씩 사라졌습니다. 그때는 추운 11월이었으니 기자님들이 준비해두신 따뜻한 공간도 어색함을 녹이는 데에 어느 정도 도움이 되었을지도 모르지만, 저도 그날 느낀 건 동질감이었어요. "파이π만큼 아프다",* '고통 불면Painsomnia'**과 같은 외국의 만성질환

---

*　　의사들은 때로 진료실에서 환자에게 "고통을 1부터 10까지의 숫자로 표현해보아라"고 말하는데, 이때 '파이'는 수학의 3.141592…… 즉 "고통의 강도는 낮아지지만 끝나지 않음"을 표현하는 일종의 블랙코미디다.

**　불면을 의미하는 'Insomnia'의 앞에 고통을 의미하는 'Pain'

자 커뮤니티의 은어, 그리고 아픈 사람이 만남을 거절할 기회가 필요하다는 말에 격하게 공감하시던 모습에서, 유독 동질감을 느꼈습니다.

사실 다울 님이 쓴 《천장의 무늬》를 읽을 때보다도 그때 더 크게 그런 느낌을 받았어요. 책을 읽을 때는 부러움이 좀 더 컸습니다. '나는 왜 이 사람처럼 솔직하게 쓰지 못했을까?'라는 생각이 종종 들었고, 읽는 순간 직감적으로 그 문장이 마치 나의 언어인 것 같다고 느껴지는 곳마다 무수히 포스트잇을 붙이면서 '이건 능력의 문제다'라 여겼거든요. 자신의 경험과 감정, 몸을 드러내는 모습, 그것들을 세밀하게 묘사하시는 능력이 부러웠습니다. 핫팩 대신 쓰는 팥 주머니를 '팥팥팥팥' 흔들면서 '고소한 엄마 냄새'를 연상한다는 등의 묘사를 보고 있으면, '나도 이런 감각적인 문장을 쓰고 싶다'고 생각하게 되거든요.

그리고 이번에 첫 편지를 받으면서는 두 가지를 동시에 느꼈습니다. 하나는 또 한 번의 동질감이었고, 다른 하나는 또 한 번의 부러움이었어요. 부러움으로 이

을 연결한 것으로, 통증으로 인해 잠들지 못하는 만성질환자의 일상을 포착하는 신조어다.

야기를 마무리하면 부담스러워하실 것 같으니 그렇게 해볼까 하는 새벽의 장난기가 잠시 고개를 들었지만, 우선 얕은 장난은 다음의 언젠가로 미뤄두겠습니다. 그래서 부러웠던 걸 먼저 짧게만 이야기하자면, 정말 신중하게, 또 섬세하게 써주셨다는 게 느껴지는 편지였다는 점이었습니다. 이번에 다울 님과 편지를 주고받으며 '말을 건네는 일'에 대해 많이 배울 수 있을 거라는 생각이 들어요.

그렇다면 동질감은 무엇이었을까. 그건 "미래를 별로 생각하지 않으면서도 간이 좀 작은" 사람이라는 점이었어요. 저도 정말 그렇거든요. 최근에 시간에 대한 원고를 쓸 일이 있었습니다. '주류적 시간'에서 벗어난 시간관에 관해 써달라는, 저에게는 다소 어렵게 느껴지는 주제였어요. 그래서 저의 경험을 통해 아픈 사람의 시간을 이야기하다가 예전에 읽다 만 책에서 접한 '퀴어의 시간queer time'이 떠올랐어요.

주디스 핼버스탬Judith Halberstam이라는 학자는 에이즈가 미국의 게이 공동체에 큰 타격을 주어서 게이들이 미래를 상상하기 어려워진 시기에, '미래'가 아닌 '현재'에 집중하는 퀴어의 시간이 등장했다고 말하더라고요. 나아가 그 시간이 폭로하는 게 어릴 때는 공부하다가 청년 시기에 취업해서 일하고, '적령기'가 되면 '이성'을 만나서 결혼하고 '자녀'를 낳아 가정을 꾸리며 늙어가는 기존 사회의 가족, 재생산중심적인 생애 주기라는 것도요.[1]

저는 그런 점에서 퀴어의 시간이 아픈 사람의 시간을 설명하는 데에도 중요하다고 생각했습니다. 다울 님이 쓰셨듯, "행복한 순간이 곧 끝나버릴 것이라는 불안"은 자주 "충만함 뒤의 불행을 상상하는" 습관으로 이어지곤 하고,[2] 그러면 결국 오랫동안 이어질 안정적인 행복이라는 기획project은 우리에게 큰 의미가 없는 것이니까요. 나의 몸 상태를 설명할 가장 적절한 단어는 '불안정'이나 '변동' 내지는 '변덕'뿐인 것 같고, 앓는 미래가 자꾸만 크게 느껴질 때마다 저는 제 삶을 길게 고민하길 포기했습니다. 지금도 제 미래의 가장 긴 계획은 앞으로 약 2년 내외 동안 석사 과정을 잘 마치는 것이니까요.

아, 동명의 드라마를 보진 않았지만, "도망치는 건 부끄럽지만 도움이 된다"는 건 이런 걸까요? 이렇게 다른 이야기를 하다가 오니 복권에 대해서 말할 준비가 조금은 된 것도 같습니다. 어쩌면 제가 에라, 모르겠다 싶어서 술을 조금씩 마셔보기 시작한 것도, 미래를 조금 체념하고 지금을 즐기자는 생각에 그런 것 같습니다. 크론병을 악화시키기 때문에 술을 피해야 해서 대학교 새내기 때도 엠티, 미팅, 온갖 뒤풀이를 모두 빠진 제가, 난데없이 스물일곱에 늦바람이 난 거죠. 친구와 남대문 주류 상가에 가서 위스키 두 병을 집어오질 않나, 집 근처 편의점에 위스키를 주문해서 방문 수령을 해오지를 않나. 통장을 보고 후회할 때쯤에는 이미 늦었더군요. 최근에는 브랜디가 들어간 칵테일이 잘 맞는다는 걸 알게 되고서 브랜디에 눈독을 들이고 있습니다.

아마 이 시점에 복권에 당첨된다면… 바로 상상되는 저의 모습은 좀 답이 없긴 하네요. 바로 남대문 주류 상가로 가서… 이하 설명은 생략하겠습니다. 술 좋다고 헤벌쭉 웃는 할아버지라는 상상을 조금 넓혀보려면 술이 저에게 어떤 의미인지 해명(?)을 해야 할 것 같아요. 저에게 술은 크론병 때문에 빼앗긴 것이었고, 그래서인지 '청춘'에 대한 고정관념에서 유일하게 계속 원하던 것이기도 했습니다. 그리고 무엇보다도 재미있는 것이었죠. 저는 헛소리가 나올까 말까 하는 걸 의식할 수 있는 정도로만 약간 취한 상태를 좋아합니다. 실없이 웃음이 나오는 그 순간이 너무 즐겁더라고요.

최근에는 술을 자제하고 있는데, 그건 술이 아닌 것 중에도 재미있는 걸 찾고 싶어서기도 해요. 술도 좋지만, 술이 저에게 금지된 재미, 혹은 금지되어서 더 짜 릿한 재미라는 점을 생각할 때 저에게 필요했던 건 어 떤 일탈이나 재미인 것 같거든요. 난데없이 강화도에 온 지금처럼요. 그래서 제가 복권에 당첨되면, 그게 무 엇이 되었든 아주 재미있는 무언가를 찾아 헤매게 되지 않을까 싶어요. 어쩌면 몸이 아픈 뒤로 하기 어려웠던 배 드민턴이나 스쿼시를 다시 배워볼 수도 있고, 성능이 뛰 어난 데스크톱을 사서 게임을 할 수도 있고, 좋아하는 가수의 앨범을 수십 장 사고, 투어를 따라다니며 콘서 트를 챙겨 볼 수도 있을 테지요(물론 방역 당국의 의견이 중요하겠습니다).

다울 님과 제가 상상해보는 세상에서, 제가 여전히 살아 있다면, 복권에 당첨된 저는 조금 열성적인(?) 할 아버지가 될 것 같습니다. 무엇이든 한번 좋아하면 열 심히 좋아하는 편이라 이런저런 것의 덕후가 되곤 하는 제가 돈과 시간의 여유가 충분하다면, 아파도 맛있는 걸 찾아다니고, 클래식 기타를 제대로 배워보고, 대학 교 1학년 때부터 연습한 베이스도 제대로 해보고요. 술 이든, 게임이든, 덕질이든 무엇 하나에 꽂혀서 한동안 그것만 생각하는 삶이 저에게는 가장 재미있더라고요.

아 참, 무엇보다도 꼭 스쿼시장을 집에다가 마련

하고 싶어요. 이걸 가장 바라는 이유는 아마 저에게 운동이 정말 중요한 활동인 동시에 가장 현실성이 없어서인 것 같습니다. 어쨌든 혼자서도 할 수 있는 라켓 스포츠라는 게 가장 매력적이에요. 대학교 1학년 때는 학내에 스쿼시장이 있어서 참 좋았는데 말입니다.

요즘 다울 님은 어떤 것들에서 재미를 느끼시나요? 복권 당첨이 되지 않더라도 요즘 일상에서 붙들고 있는 작은 재미들이 궁금해요. 운동도 꾸준히 하고 계시는데, 혹시 제가 스쿼시장을 갖고 싶은 것처럼 다울 님은 필라테스 기구가 가득한 공간을 따로 마련하고 싶다는 생각도 해보셨나요? 물론 여전히 아프다는 전제에서요.

저는 이만 동이 트기 전에 다시 누워라도 봐야겠습니다. 아마 잠에서 깬 후에 적어도 3일 정도는 지금 글을 쓰고 있는 저를 원망할 것 같지만, 달리 방법이 없네요. 저보다는 숙면을 자주 취하시길 바라며 다울 님의 다음 편지를 기다릴게요. 어쩌면 저에게도 무언가 재미있는 일이 생기길 바라며.

2021년 7월 25일 새벽

추신: 저의 얇은 머리칼을 포착하셔서 조금 놀랐습니다. 미용사 선생님들께 들은 것 외에는 처음이라 신기하기도 했어요. 머리카락이 조금이나마 굵어지길 바라며 최근에 샴푸를 바꿨는데 효과가 있으면 좋겠네요. 혹시 좋은 샴푸나 트리트먼트를 아신다면 추천해주세요. 저는 길거리에서 남에게 붙잡혀 휴대폰을 바꿀 만큼 영업에 잘 넘어가는 편입니다.

""

이다울

아픈 언어들의

백일장을 열고 싶어요

희제 님의 편지를 오래 들여다보았습니다. 그리고 위스키와 스쿼시와 행동경제학에 대한 희제 님의 설명을 본격적으로 듣고 싶어졌어요. 그때 만약 브랜디를 한 병 들고 오신다면 저는 열대 과일을 준비해보겠습니다.

사실 스쿼시는 제게 운동보단 '자몽 스쿼시' 같은 음료수 이름으로 익숙한 단어예요. 그래서 스쿼시에 관한 동영상을 조금 찾아 보았어요. 동영상마다 공이 벽에 부딪히는 소리가 다르게 나던데 현장은 어떨지 궁금합니다. 한 실업팀 선수가 올린 동영상에서는 벽이 부서질 것처럼 파괴적인 소리가 나더군요. 저는 그 소리에 강한 쾌감을 느꼈습니다.

불현듯 기물 파손을 꿈꾸던 저의 소녀 시절도 생각이 났고요. 기물 파손에는 규칙을 어기는 맛이 있다면 스포츠는 반대로 규칙을 엄격히 지킬수록 그 쾌감이 더욱 커지는 듯합니다. 속수무책으로 통통 튀는 스쿼시 공이, 벽과 라켓에 정확히 닿을 때의 짜릿함은 해보지 않아도 느낄 수 있었어요.

요즘 들어 어떤 것에 재미를 느끼고 있느냐고 물으셨는데 사실 저는 지난 반년간 뭘 해도 인생이 즐거웠습니다. 통증과 피로가 눈에 띄게 줄었기 때문이에요. 희제 님이 가지고 계신 크론병에 관해기가 있는 것처럼, 저의 증세도 악화되었다가 호전되기를 반복합니다. 증세가 호전된 이유는 명확하지 않아요. 오랫동안 먹어온 항정신성 약물이 효과를 발휘했을 수도, 몸무게가 늘어서일 수도, 부모님과 함께 지내서일 수도, 말씀드리기 살짝 어려운 어떤 일로부터 해방되어서일 수도 있습니다.

4년 만에 비대면으로나마 대학교에 복학했고 친구들과의 책모임을 재개했어요. 공공자전거를 타고 호수 공원을 내달렸어요. 잔디밭에 자전거를 세워두고 방울토마토와 삶은 계란을 먹었습니다. 배낭에 노트북을 넣고 씩씩하게 걸었고요. 여성복 모델로 일하고 일당을 받았습니다. 매일 따뜻한 물로 샤워를 했어요. 음식을 직접 해먹은 다음 바로 설거지를 했습니다. 저의 모습은 점점 찬란한 젊은이의 꼴과 언뜻 비슷해져가는 듯했습니다. 그런데 아뿔싸, 요 며칠간 통증이 다시 심해지고 있습니다.

저의 찬란한 모습은 희제 님이 함께 기뻐해주실 것을 알기에 자신 있게 말하게 되어요. 그런데 몸이 다시 아프단 소식은 전하기에 앞서 망설여집니다. 아무리 가까운 사이라도 고통을 전하는 것은 참 어려운 일 같아요. 도를 넘는 응석을 부리게 될까 두렵고 상대가 제게 딱히 건넬 말이 없어 무력해질까 봐 두렵습니다.

우울의 늪에 빠져 있는 동안 누군가에게 손을 뻗지 않고 싶어요. 함부로 손을 뻗었다가는 함께 더 깊은 수렁으로 빠질 것만 같습니다. 서로를 위해 애써 웃음 짓고 싶어요. 이러지 말고 밖으로 좀 나가 땀 흘려 걷고 싶고요. 가진 것에 감사하라는 조언과 세상에는 너보다 더한 사람들도 있으니 겸손하라는 조언도 수용해보고 싶습니다. 병원에 가서 치료를 받고 싶어요. 거하게 굿판도 벌이고 싶고요. 고통을 감내함으로써 성장의 발판으로 삼고 싶어요. 부정적인 마음을 고쳐먹고 언젠가 나을 수 있다는 긍정의 힘을 믿고 싶어요. 코어 근육과 함께 강력한 체력을 길러내고 싶고 전생에 지은 죄가 있다면 그 업보를 묵묵히 받아들여보고 싶습니다.

하지만 탄성 좋은 고무줄도 너무 많이 당기다 보면

끊어질 수밖에 없다는 것을 우리는 압니다. 괜찮을 거라고 다독인 지 벌써 5년째가 되었습니다. 코어 근육을 기르는 운동을 배우다 건강이 악화된 적이 있습니다. 통증을 줄일 만한 다양한 종류의 약물을 시도하며 난치성 질환 환자의 40퍼센트가 효과를 본다는 저용량의 아편 중독 치료제도 먹어보았는데, 효과는 없었고 대신 각종 인물로부터 약물에 의존한다는 쓴소리만 들었습니다.

고통을 말하고 듣는 일이 조금 더 수월해질 수는 없을까요? 제게 가장 필요한 것은 저의 병을 설명할 언어입니다. 어디를 가든 몸 상태를 설명해야만 하는데, 그것이 무척 성가신 일이라는 것은 희제 님도 잘 아시겠지요. 저는 1년 6개월가량 진단명이 없는 채로 지냈습니다. 그 시기에는 성가심이 극에 달했습니다. 매일 몸살이 난 것 같아 10분도 채 서 있지 못하는데, 그 이유를 설명할 수 없었습니다.

왜 몸이 아픈지 이유를 모르는 것은 성가심을 넘어 커다란 공포로 작동했습니다. 저의 모든 일거수일투족이 검열의 대상이 되었기 때문입니다. 어떤 사람은 그동안 제가 너무 열심히 살아서 몸이 아픈 것이라고 말했고, 어떤 사람은 제가 너무 나태하기 때문에 몸이 아픈 것이라고 말했습니다. 누군가는 욕망을 줄이라고 말했고, 누군가는 감추어둔 욕망을 분출하라고 말했습니다. 그 모든 말은 걱정이 담긴 진심 어린 조언이었습니다. 그리고 저는 그 모든 진심 앞에서 종종 열이 받았습니다. 저의 모든 과거는 과오가 되었습니다.

　류마티스 내과에서 섬유근육통이라는 진단명을 얻는 데는 3분도 걸리지 않았습니다. 섬유근육통은 원인을 알 수 없고 명확한 진단 기준이 없으며 치료법도 마땅치 않은 난치성 질환이기에, 공포감이 사라지지는 않았습니다. 하지만 그 3분의 권위는 크기가 꽤 컸고 진단명은 저의 병을 설명할 든든한 언어가 되었습니다. 새로운 약물 치료를 시도해볼 수 있었고, 질병 휴학을 신청하기 위해 대학교에 진단서를 제출할 수 있었으며, 보다 단순한 절차로 저의 몸 상태를 설명할 수 있었습니다. 그것은 어쩌면 슬픈 일입니다. 그 자신도 만성질환을 겪고 있는 연구자 수전 웬델Susan Wendell은 자신의 책에서, "어떤 진단이든 진단명을 받았을 때 느끼는 안도감의 일부는 결국 자신이 '미치지' 않았다는 것을 의학적 권위가 인정해준 데서 오는 것"이라고 말했습니다. 그 사실에 대해 저는 지금 수전 웬델이라는 학자의 권위를 빌려 설명하고 있고요. 그러니 진단명을 얻지 못한 채로 몸이 아픈 어떤 사람들은 자신이 미치지 않았

다는 것을 증명하느라 무진 애를 먹을 것입니다.[1]

답장에도 써주신 것처럼 희제 님이 "파이만큼 아프다", '고통 불면'과 같은 신조어를 알려주셨을 때, 정말 반가웠어요. 저의 질병 경험을 설명할 재치 있고 직관적인 언어를 갖게 되어서요. 불특정 다수와 같은 언어를 사용한다는 것은 그 자체로 외로움을 줄여주었습니다. 자신의 고통에 이름을 붙이는 작명 대회나 백일장을 열고 싶어져요. 아마도 사이버 공간이 그 역할을 하고 있는 것 같습니다. 말씀해주신 신조어도 인터넷 커뮤니티에서 발견했다고 하셨지요. 벌건 눈으로 사이버 공간을 누비다 보면, 세상이 곧 망하는 것 같다가도 이따금씩 반가운 순간을 마주치게 됩니다.

아픈 사람들의 보편적인 언어가 차곡차곡 모인다면, 주류적 시간을 벗어난 시간 또한 조금씩 설명할 수 있지 않을까요? 하지만 곧바로 드는 생각은 다음과 같습니다. '아니, 그런데 작명 대회나 백일장에서 탈락된 언어들은?' 대회는 취소입니다. 치사한 것 같습니다.

희제 님의 질병 경험은 어떤 면에서 저와 매우 닮아 있고 어떤 면에서 매우 명확한 차이를 보이겠지요. 우리가 각자 아무리 언어화하려고 노력해도 서로에 결코 닿기 어려운 구석도 있을 것이고요. 저는 희제 님과

이 편지를 주고받으며 우리 사이의 공통점과 차이점 모두를 발견하고 싶습니다. 그 발견을 통해 혼자가 아니라는 감각과 완전한 미지의 감각을 체험하고 싶습니다.

희제 님에게 보낼 편지를 오래도록 쓰는 동안 통증은 조금씩 줄었고 이제는 "파이만큼 아픈" 상태가 되었습니다. 답장을 막 쓰기 시작할 때만 해도 찌는 더위가 기승을 부렸는데 어느덧 방충망 너머로 선선한 바람이 들어오네요. 이런 날씨에 저는 수건돌리기 생각이 나요. 잔디밭에 둘러앉아 숨넘어가게 뛰다가, 그리고 웃다가 침을 흘리고 마는 유년 시절의 한 장면이 제게 큰 행복으로 남아 있나 봐요. 어떤 운동 시설을 마련하고 싶으냐는 희제 님의 질문에 잔디밭을 답변으로 삼고 싶어져요. 어디를 가도 도시 면적당 동일한 비율로 풀썩 앉을 수 있는 공터가 마련된다면 참 좋겠습니다.

조금씩 계절이 바뀌는 동안 희제 님은 어떤 날들을 보내고 계셨을까요? 요즘도 한밤에 잠에서 자주 깨어나시는지, 그간에 그렇게 깨어난 밤들은 어떻게 채우곤 하셨는지 궁금합니다. 편지로 보내오실 저와 닮거나 다른 희제 님의 이야기를 기다릴게요. 그럼 또 편지로 뵈어요.

추신: 앗, 희제 님께서 얇은 머리카락에 대한 고민이 있으실 줄은 몰랐어요. 어린 시절부터 제 검고 억센 머리카락에 비해 가는 머리카락을 가진 친구들을 부러워했거든요. 생각이 짧았습니다.

안희제

‘당신’에게 초점을

맞추겠습니다

위스키와 스쿼시와 행동경제학에 관해 설명을 듣고 싶으시다니 큰일이네요. 이 세 분야에 대한 저의 밑천은 딱 저번 편지만큼이었습니다. 기물 파손을 꿈꾸셨다니 난데없이 동질감을 느낍니다. 고등학교 3학년 때 학교에서 주운 십자드라이버로 친구와 함께 야간자습실의 폐문을 열고 사물함의 손잡이를 뺀다든지 하는 황당한 짓을 했거든요. 걸리지 않은 것인지, 학교에서 알면서도 고3이라고 봐준 것인지는 아직도 모릅니다(이렇게 써버리면 자백이 되는 걸까요). 여하튼 기물 파손이라는 키워드로 다울 님과 연결될 줄은 몰랐네요.

저는 지금 부산에서 편지를 쓰고 있습니다. 사실 이 문장을 꼭 쓰고 싶어서 서울로 돌아가기 전에 편지가 오면 좋겠다고 은근히 기대하고 있었는데, 정말 기쁘네요. 편지마다 다른 장소에서 쓰고 싶다는 게 저의 뜬금

없는 희망 사항이거든요. 아무튼 저는 외할머니와 외할 아버지를 뵈러 가족과 함께 바다 근처의 숙소에서 쉬고 있어요. 얼마 전부터 부산도 코로나19 사회적 거리 두기가 4단계로 격상되면서 파라솔 설치 등이 금지되니까 해변 근처의 숙박 요금이 상당히 떨어졌더라고요.

낯선 공간에 머무는 것은 설레고 편안하면서도 굉장히 난감한 일입니다. 책을 읽고 글을 쓰는 것이 일상이다 보니 집은 휴식의 장소보다는 일터 같다는 느낌을 많이 받는데, 가끔 이렇게 집에서 멀리 떨어진 곳으로 오면 그 자체만으로도 휴식이 되는 것 같습니다. 앞에 바다가 있으면 더욱 좋고요. 일에 맞추어진 제 방에서 떠났기 때문에 일에 온전히 집중하지 않아도 죄책감이 덜 들기도 합니다.

하지만 역시 가장 불편한 건 화장실입니다. 화장실 자체는 문제가 없는데, 저에게 낯선 곳에 가는 일은 언제나 낯선 음식을 사 먹는다는 걸 의미하거든요. 기껏해야 5일 정도의 휴가라서 무언가를 직접 만들어 먹기에 적절한 일정이 아닌 게 아쉽습니다.

낯선 음식들을 먹고, 낯선 공간에서 자다 보면 제 몸이 긴장하고 약해지는 게 느껴집니다. 소화는 잘 안되어서 자꾸 배에 가스가 차고, 화장실에서는 자꾸 피를 봅니다. 저는 최근에 몸 상태가 그리 나쁘지 않았는데도, 여행을 오자마자 '아, 나 아픈 사람이었지'라는 걸 새삼스럽게 확인받습니다. 여행지로부터 진단을 받는다고 할까요.

그렇다고 화장실에서 자꾸 피를 보는 게 그리 이례적인 일은 아닙니다. 병원에 진료를 받으러 갈 때마다 아픈 곳과 증상을 체크하는 사전 문진에 '항문'과 '혈변'을 체크해도 진료실에서는 별다른 언급이 없는 것으로 보아, 이 정도는 저에게 '정상'인 것이겠죠. 그런 의미에서 저는 요즘 꽤 '정상적인' 일상을 보내고 있는 것 같습니다.

아마 저와 다울 님 사이의 가장 큰 차이 중 하나는 진단에 대한 부분일 것 같습니다. 저는 맨 처음에 오진을 받았지만, 소화기관에 전체적으로 염증이 생기는 크론병은 대장 내시경·소장조영술·혈액검사 등에서 발견되는 것들로 진단이 가능한 질환이기에 병원을 옮겨서 정확한 진단을 받을 수 있었습니다. 다른 자가면역 질환이나 희소 난치 질환*에 비하면 진단이 수월한 편

---

* 드물고 '귀한' 질환이라는 뜻의 '희귀 질환'은 기만적인 표현이라는 문제의식에서 '희귀' 대신 '희소'라는 표현을 사용했어요.

이고, 점점 환자 수가 늘어나고 있다는 점에서도 크론병은 비교적 치료 상황이 좋은 편입니다. 완치는 안 되지만 치료 방법도 상당히 표준화되어 있고, 산정특례로 의료비 지원도 많이 받고요. 그래서 저는 진단명을 비교적 일찍 받고, 치료도 일찍 시작해서 관해기를 빠르게 유도하는 데 성공했어요.

그런데 진단명이 저의 질병을 설명하는 데 핵심은 아니더라고요. 너무 아파서 학교에 가기 힘들 때 교수님께 메일을 쓰면, 어차피 진단명을 말씀드려도 어떤 질병인지 잘 모르시니 발병부터 경과, 증상과 현황까지 줄줄이 설명해야 했어요. 지인들이나 일하다 만난 사람들과 이야기할 때는 반응이 종종 정반대로 갈렸죠. 하나는 "그런데 별로 안 아파 보이는데?"였고, 다른 하나는 조금 시차가 있었어요. 제게 진단명을 듣고 며칠이나 몇 주 뒤에 저와 만나서 말하는 거죠. "인터넷에 찾아보았는데 정말 심각한 병이라더라." 사실 크론병이라고 검색하면 나오는, 이곳저곳이 움푹 파이고 비틀린 대장

제가 비마이너 객원기자로서 편집을 맡았던 서이슬, 〈10만 명 중 한 명, 희소한 만큼 불편한 일상〉,《비마이너》, 2021.02.26. 기사를 참고해주시겠어요? 공감하시는 부분이 많은 글일 것 같아요. 물론 용어는 다양하게 고려해볼 수 있을 것 같고요.

사진은 정말 무섭거든요. 제 대장은 진단받을 당시에도 그 정도가 아니었는데, 제가 모르는 사람의 대장이 저의 대장인 것처럼 여겨지는 거예요. 그런 방식으로 묘하게 크론병이라는 이름은 저의 몸에서 미끄러졌어요. 물론 그럼에도 제 몸에 대한 저의 설명들이 '적법하게' 여겨진 데에는 진단명의 힘이 강했겠지만요.

요컨대 자신의 아픔을 이야기할 때 거기에 공적인 신빙성이 실리는 것과, 상대가 그것을 이해하려 노력하는 것은 상당히 별개의 문제라는 것이 저의 경험이었습니다. 진단명의 유무와 무관하게 우리의 아픈 몸은 자꾸만 이해의 틀을 벗어나곤 하니까요. 다울 님이 필요하다고 말씀하신 "자신의 병을 설명할 언어"는 진단명을 넘어 이런 미끄러짐까지 고려하고 계신 것이라고 생각해요.

저는 최근에 말하기 혹은 글쓰기에서 1인칭, 2인칭, 3인칭이라는 틀에 꽂혀 있는데, 이걸 통해서 자신의 병을, 아픈 몸을 설명할 언어는 어떻게 가능할지 함께 고민해보고 싶어요. 이 틀은 "2인칭 관점의 윤리"에 관한 어느 논문[1]을 약간 제멋대로 해석하며 떠올렸어요. 이어질 내용은 정말 제멋대로입니다.

우선 3인칭의 글쓰기나 말하기는 '나'나 '당신'보다

는 '사회'나 '규범'에 가까운 방식이라고 해둡시다. 신문 기사나 논문이 대표적일 것 같아요. 그래서 객관적이라고 여겨지곤 하죠. 저는 의사의 진단도 3인칭이라고 생각해요. 사람이 하는 일에 주관이 개입하지 않는 순간은 없지만, 그럼에도 최대한 주관을 배제하려고 하는 것. 그래서 종종 주관이 개입하지 않았다는 환상을 심어주는 것이 3인칭일 것입니다. 외부의 정보에 초점을 둔다는 점에서, 저에게 조금 더 묻기보다 인터넷에서 본 모르는 사람의 대장 내시경 사진으로 저의 몸을 먼저 파악하려고 한 것도 3인칭일 것입니다. 물론 아픈 것을 자세히 묻는 게 예의가 아니라는 생각에서 저를 배려한 행동이었겠지만요.

반면 1인칭은 간단히 말하면 '나'에 초점이 가 있는 것입니다. 사실 대부분의 에세이가 그렇죠. 제가 평소에 쓰는 저의 아픈 이야기도 1인칭인 경우가 많습니다. 1인칭은 종종 3인칭의 글쓰기나 말하기의 대척점에서, 기존의 지식을 확인하고 재생산하기보다 당사자의 언어를 생산한다는 의의를 지니곤 합니다. 아픈 사람이 직접 질병 서사를 생산하는 것도 바로 1인칭의 글쓰기에 해당합니다. 하지만 저는 1인칭이 3인칭의 한계를 벗어나기 위한 적절한 답이 아닐 수 있다고 생각합니다.

제가 요즘 중요하게 여기는 것은 2인칭의 글쓰기, 혹은 2인칭의 대화입니다. 물론 대화 안에서 '나'가 꺼내는 말은 언제나 사회적으로 주어진 언어로 구성된다는 점에서 1인칭과 3인칭의 영향을 제거할 방법은 없습니다. 그러나 여기서 인칭은 초점의 문제라서, 그럼에도 저는 '당신'에게 초점을 맞추는 대화나 글쓰기가 가능하다고 믿습니다. 나의 경험이나 사회적으로 유통되는 지식에 충돌하는 이야기들을 쏟아내는 당신을 만났을 때, 내가 원래 알고 있던 것들을 잠시 괄호에 넣어두고 우선 당신의 말에 담긴 구체적 맥락을 들어보는 것이 바로 2인칭의 대화입니다.

저는 2인칭이야말로 새로운 무언가를 만들어낼 수 있다고 생각해요. 1인칭과 3인칭은 얼핏 상반되는 듯하지만, 나 자신이 구성해낸 일관된 서사 혹은 객관적인 지식들을 통해 모순을 피하거나 봉합하고자 애쓰게 된다는 큰 공통점을 가집니다. 나의 생각이든, 주어진 지식 체계든, 이야기를 매끄럽게 엮어 통일성을 갖추는 데 초점이 맞추어져 있기 때문이에요.

하지만 2인칭의 대화는 구조상 모순을 피하기가 어렵습니다. 비슷해 보이는 사람들 사이에서도, 각자의 삶의 이야기는 너무나 고유하고 독특하니까요.[2] 그렇게 충돌하는 경험들을 끌어안으면서, 완전히 다른 삶의 경로를 가진 사람들 사이에서도 놀라울 만큼 비슷하게 느낀 어떤 감정들을 발견하기도 하는 것이 2인칭 대화의 묘미라고 생각합니다. 그런 면에서 자신의 고통에 이름을 붙여보는 작명 대회도 집담회처럼 기획한다면 어떨까, 상상해보게 됩니다.

어떤 편지들은 청자를 설정하면서도 자신의 이야기만 하기 바쁘거나 정보만을 전달하기 급급합니다. 저는 저의 편지가 1인칭이나 3인칭이 될까 봐 두려웠어요. 그래서 지금 다울 님과 나누는 편지가 더욱 즐거운 것 같습니다. 닮거나 다른 이야기를 기다리겠다는 말씀에서 다시 한 번 2인칭의 대화에서만 가능한 어떤 표현들을 목격합니다. 저에게는 밤과 새벽의 경계가 흐릿하긴 하지만, 어쨌든 요즘에도 한밤중에 잠을 설치곤 합니다. 피곤한 일상을 보내고 있다기보다, 일상이란 원래 피곤한 것이라는 데에 생각이 이르렀으니 지극히 성가시지만 대수로운 일은 아닙니다. 땀이 많이 나는 체질이라 여름이 끝나가는 건 조금, 아니 되게 기쁘네요. 계절이 바뀌고 잠을 설치는 동안 이 귀찮은 몸과 어떻게 지내고 있는지 서로 물을 수 있는 사람이 있다는 것은 그중에서도 특히 기쁜 일 가운데 하나입니다.

발견되는 말들

2인칭은 모순을 끌어안기에 새로운 무언가를 만들어낼 가능성을 안고 있지만, 조금 더 사적인 층위에서 2인칭이란 사실 누군가의 삶을 이해하는 가장 기본적인 태도가 아닐까 생각해요. 이건 아픈 몸의 삶을 이해할 때도 마찬가지겠지요. 이렇게 쓰다 보니 다울 님의 기억에 남는 2인칭의 대화가 있다면 그건 어떤 것이었을지 궁금해집니다. 꼭 질병과 직접 관련되지 않더라도 말이에요. 더울 때와 추울 때 중 언제가 더 힘드신지는 잘 모르지만, 부디 바뀌는 날씨가 우리에게 덜 폭력적이기를 바라며 오늘의 편지를 맺습니다.

2021년 8월 21일
1인칭과 3인칭 사이에서 무수히 진동하면서도
2인칭으로 나아가려 열심히 노력하고 있다고
믿고 싶은, 안희제 드림.

추신: 행동경제학 설명은 어렵겠지만, 과제로 제출한 것은 원하시면 다 보여드릴 수 있습니다.

이다울

타인의 신발을

신어보는 것처럼요?

놀랍게도 2인칭 소설을 읽는 중에 희제 님의 〈2인칭의 대화〉가 도착했어요. 소설을 아직 단 두 쪽밖에 읽지 않아서 서술자가 호명하는 '너'가 정확히 누구인지는 잘 모르겠지만요. 지금 읽고 있는 소설은 이렇게 시작해요. "네가 눈을 감자마자 잠의 모험이 시작된다." 이곳에서의 '너'는 과연 소설 속 특정 인물을 칭하는 것일지, 서술자 본인을 칭하는 것일지, 소설 바깥의 독자인 저를 칭하는 것일지 아니면 또 다른 가능성이 있을지 잘 추리해 보겠습니다.

　　2인칭의 소설은 낯설고, 따라서 실험적으로 느껴져요. 그것도 아주 작정한 듯한 의도적인 실험이요. 그래서 2인칭의 서술 혹은 사고를, 일상의 실천으로 옮겨 오고자 하는 희제 님의 제안도 생경하게 여겨졌어요. 이번에도 희제 님의 답장을 열심히 곱씹다가 곱씹은 지한 3일째에는 너무 알쏭달쏭해진 나머지 머리가 아파왔습니다. "오, 희제 님. 왜 제게 이 같은 시련을 주십니까" 하며 거의 희제 님을 원망할 지경에 이르렀고 한동안 제 머릿속은 '2인칭'으로 가득 찼습니다.

제가 머리가 아프고 복잡하던 것은 제 일상 속 2인칭의 대화가 주로 이런 식이었기 때문일 겁니다.

"너는 위선자야."

"너는 이상주의자야."

"너는 세미 파시스트야."

"너는 제멋대로인 어린애야."

그러니까 저는 상대와 서로를 헐뜯으며 예단하고 재단하고 단정 지을 때에 위와 같은 어법을 듣거나 사용한 겁니다. 혹은 상대가 아니라 저 스스로를 '너'라고 칭할 때도 있습니다. 주로 샤워를 하다 이루어지는데요, 부끄럽지만 그 어법은 다음과 같습니다.

"너는 할 수 있어."

"너는 할 만큼 했어."

"너는 정말 쓰레기야."

"너는 아무래도 너무 순진해."

스스로를 2인칭으로 부르는 건 좀 극단적으로 보입니다. 크게 응원하다가 맹비난을 일삼는군요.

하지만 희제 님이 제안하신 2인칭의 대화는 제가 나열한 것들과 거리가 멀어 보입니다. "내가 알고 있던 것들을 잠시 괄호에 넣어두고 우선 '당신'의 말에 담긴 구체적 맥락을 들어보는 것이 바로 2인칭의 대화"라고 써주셨으니까요. 그렇다면 희제 님은 어떤 이유로, 상대의 이야기를 충분히 듣자거나 혹은 상대에게 충분한 질문을 건네보자고 하는 대신 2인칭의 대화를 해보자 말씀하신 걸까요? 추측을 이어나가봅니다.

문득 저와 피 튀기듯 싸운 친구가 떠올랐어요. 그가 "입장 바꿔 생각해봐"라는 말을 종종 썼기 때문입니다. 정확히 말하자면 그는 미국인이어서 '역지사지'라고 말하는 대신 영어식 표현인 "내 신발을 신어봐Put yourself in my shoes"라고 말했습니다. 저는 "네 신발은 내게 너무 크다"고 대꾸하고 싶었지만 이성을 되찾아 입을 다물곤 했습니다.

어쩌면 2인칭의 대화란 내가 있던 자리에서 상대편으로 건너가 그의 신발을 신어보는 일, 그러니까 그가 밟고 있는 세상의 감각을 최대한으로 이해해보고자 하는 노력인 걸까요? "1인칭과 3인칭의 영향을 제거할 방법은 없"지만 '초점'을 맞추어본다는 희제 님의 말을, 이렇게 이해해도 될까요?

조금 더 희제 님의 글에 가까이 다가가고 싶습니다. "나의 경험이나 사회적으로 유통되는 지식에 충돌하는 이야기들을 쏟아내는 당신"을 만났다는 부분이 인상적입니다. 그리고 저는 불현듯 깨닫습니다. 희제 님이 주목하는 것은 '당신' 그 자체인데 저는 계속해서 "당신은 ○○이다"에 집착하고 있다는 것을요! 1인칭 언어의 예로 '나'의 이야기를 다루는 에세이를, 3인칭 언어의 예로 '나'의 이야기를 최대한 배제한 신문 기사나 논문, 의사의 진단을 들어주신 것도 이제야 이해가 갑니다.

괜찮으시다면 희제 님의 이야기를 조금 더 풀어헤쳐볼게요. 저는 《천장의 무늬》를 출간한 뒤 종종 취재 요청을 받았는데요. 어떤 매체에서는 통증을 주제로 제 이야기를 더 자세히 듣고 싶어 했어요. 물론 그 기획에는 (3인칭의) 객관성을 담보한 전문가의 소견도 포함되어 있었죠. 그럼에도 의료적 권위 바깥에 있는 질병의 당사자를 취재한다는 건, 어쩌면 2인칭의 대화를 시도하는 것처럼 보입니다.

하지만 걱정과 고민이 지나치게 많은 저는 그 요청을 거절할 수밖에 없었어요. 혹여 제가 "가엾은 난치병의 여자"로 소개되지 않을까 하는 우려 때문에요. 그것이 아주 틀린 소개는 아니겠지요. 단 몇 분 간 그렇게 소개되는 게 제 인생을 완전히 뒤바꾸어놓지도 않을 테고요. 분명 세상으로부터 끝없는 동정을 구하고 싶을 때가 있습니다. 하지만 동시에 그 동정에 큰 반발심을 느낍니다. 누군가 제 불행을 보고 본인의 삶에 안도감을 느끼는 게 영 기분이 안 좋거든요.

저 자신에게 "아, 어쩌란 말이냐" 하고 묻고 싶습니다. 2인칭의 사적인 대화를 텔레비전 방송이나 기사로 옮기려면 3인칭의 '그(녀)'가 되는 건 필연적일 테니까요. 문득 희제 님의 두 번째 책《식물의 시간》에 담긴 이야기가 생각나요. 희제 님이 문화인류학 강의의 일환으로 간 현장 연구fieldwork에서 한 '아저씨'를 인터뷰하며 그를 도구로 보는 것 같아 죄책감을 느끼셨다고 하셨잖아요. 그러나 인터뷰가 깊어지면서 녹음기를 켜둔 사실을 잊은 채 아저씨와 희제 님이 서로의 이야기에 몰입하게 되었지요. 그날 희제 님은 "존엄이 서로를 존엄하게 대하는 상호작용을 통해 구성된다는" 것을 떠올리며 "우리가 서로 주고받은 건 존엄, 좀 더 정확히 말하면 '호혜적인 존엄'이었을지도 모르겠다"고 하셨지요. 아마도 그러한 경험들이 희제 님으로 하여금 새로운 대화 방식을 고민하게 하지 않았을까 추측해봅니다.[1]

건네신 메일을 뜯어보며, 나름대로 희제 님의 이야

기를 이해해보고자 했습니다. 이 정도면 2인칭의 대화로 합격일까요? 희제 님 말대로 편지라는 형식이 2인칭의 대화로서 안성맞춤인 것 같단 생각이 듭니다. 제멋대로 해석하다 미끄러지는 순간을, '당신'께서 정정해줄 수 있으니까요.

오늘부로 다니고 있는 대학교의 새로운 학기가 시작되었습니다. 여전히 비대면 상황인 것이 제게는 역시 다행스러워요. 희제 님은 어떠세요? 저는 지난번의 비대면 개강 경험으로 이번에는 책상 환경을 보다 잘 조성해보았어요. 혹시 괜찮은 노트북 거치대 및 무선 키보드를 찾고 계신다면 말해주세요. 최대한 구체적인 사용 경험을 전달드릴게요. 그럼 답장 기다리겠습니다.

2021년 8월 31일

2인칭의 말들

아픈 척을 하기도

힘들어졌습니다

지난번에 편지를 쓰고, 답장을 받고 나니 2인칭의 말하기와 글쓰기라는 게 제 머릿속에도 충분히 정리되어 있지 않다는 게 확실해졌습니다. 두통과 원망을 극복하시면서 저의 글에 "가까이 다가오고", 제 이야기를 "풀어헤치기"까지 하게 만들었다는 건 제가 부족한 탓입니다. 출처로 논문이라도 달아두어서 그나마 죄책감이 덜 드는군요.

제가 재작년에 한 현장 연구 중에 겪은 경험을 언급해주신 것을 보며, 편지를 쓸 때 저도 떠올리지 못한 저의 맥락을 다울 님이 설명해주신 것 같습니다. 이쯤 되면 다울 님의 편지가 2인칭의 글쓰기로서 합격인지 판단할 자격은 적어도 저에게는 없는 것 같네요(애초에 합격이 어울리는 말인지도 고민해봐야겠습니다).

저는 처음으로 제 방의 책상에 앉아서 편지를 쓰고

있습니다. 개강 후 두 번째 강의를 들은 날의 밤에, 여전히 개강을 실감하지 못하는 중이지요. 아마 아직 과제가 나오지 않아서 그런 듯합니다. 제가 다니는 대학교에서도 전면 비대면 강의를 진행한다고 하고, 저 또한 이런 상황이 다행스럽습니다. 비록 마지막 학기라서 강의를 고작 세 개 듣지만, 그래도 요즘처럼 건강이 그다지 좋지 않은 날들에 학교를 오가는 일은 쉽지 않으니까요. 사실 저는 부산에 다녀온 후 지금껏 몸이 안 좋습니다. 하루도 온전히 쉰 날이 없어서 그런 것인지, 가서 먹은 음식들이 제 몸에 끼친 영향이 생각보다 더 큰 것인지는 모르겠습니다.

이런 상황에 비대면 강의는 분명 반가운 소식입니다. 강의실 앞까지 갔다가 너무 힘들어서 강의 듣기를 포기하고 휴게실로 발을 옮기던 날들이 떠오르네요. 얼마 전에는 제가 발을 걸치고 있는 홈리스행동이라는 단체의 회의 중에 갑자기 머릿속이 하얘졌습니다. 머리가 띵하고 말과 글자 들이 귀와 눈의 표면에서 흩어져버렸죠. 잠을 제대로 못 자서 종종 오후 두세 시까지는 멍한 상태를 오랜만에 실감했습니다. '아, 내가 지금 무언가를 하기에 적절한 상황이 아니구나.' 이런 몸 상태로 일주일에 4일이나 학교를 오가야 한다면 저는 언젠가 그

랬듯 심장이 고막에 붙어서 뛰는 듯한 박동을 느끼며 간신히 걸어서 집으로 돌아오곤 했을 겁니다.

2020년에 코로나19 사태가 터지고 첫 개강을 맞이한 후, 언론은 코로나19가 학업에 끼치는 악영향을 보도하는 데 집중했습니다. 실제로 비대면 강의로 인한 학생들의 학업 성취도 하락과 돌봄의 문제 등은 초·중·고·특수학교에서 두드러졌고, 이에 대한 대책은 부족했습니다. 다만 제가 정말 답답하던 것은 대학교에 관한 것이었습니다. 코로나19로 인해 장애대학생들의 학습권이 침해되고 있다는 보도들은 실상 코로나19 전의 상황에는 전혀 관심이 없었기 때문입니다.

다른 문제들도 그렇겠지만, 대학교 내 장애학생의 학습권에 대해 제기된 문제들은 모두 코로나19 이전부터 항상 있어온 것들이었습니다. 이를테면 수많은 기사가 "코로나19로 인해 실시된 비대면 강의가 청각장애학생과 시각장애학생을 배제한다"라고 지적했지만, 이는 반쪽짜리 진실이니까요. 당연한 이야기겠지만, 애초에 강의의 속기, 문자 통역 체계가 잘 갖추어져 있고 시각장애학생이 접근 가능한 형태의 강의 자료가 있다면 비대면 강의는 그 자체로 문제가 되지 않습니다. 결국 코로나19가 아니라 접근성이 제대로 갖추어지지 않은 교육 현장의 문제인 것이죠. 그래서 이것은 저에게 '학습권 문제'를 '코로나19 문제'라고 명명함으로써 문제의 본질을 흐리는 것처럼 보였어요.

그래서였을까요, 저와 몇 친구들은 우리가 비대면 강의를 통해 얼마나 편해졌는지 이야기하기도 했습니다. 근육병이 있는 제 친구는 비대면 진행 덕분에 처음으로 록 페스티발에 실시간으로 참여해보기도 했고, 준비와 이동에 시간이 더 오래 걸리는 지체장애학생들은 오히려 강의를 듣기 수월해졌다고 말하기도 했죠. 작년에 한 현장 연구에서 저는 '기저질환자'를 키워드로 공동연구를 진행했는데, 거기서 만난 분들의 이야기에서도 비대면의 수많은 장점을 발견할 수 있었습니다.

비대면 기술이 활용되는 상황에 문제가 있다는 것은 명백한 사실이지만, 그렇다고 해서 코로나19가 끝나면 바로 온전한 대면의 시대로 돌아가야 한다는 말들은 아픈 사람의 입장에서는 다소 받아들이기 어려운 면이 컸습니다. 그래서 저는 '대면對面'이 말 그대로 얼굴과 얼굴이 마주한다는 것이고, 화상회의 프로그램에서 우리가 분명 얼굴을 마주한다는 점에 착안하여 이것이 비대면이 아닌 '새로운 대면'이라고 해당 현장 연구 보고서에 쓰기도 했습니다.

친구들과 나눈 비대면의 장점 중에는 "몸이 잘 드러나지 않음"도 있었습니다. 우리는 장애도, 아픈 몸도 화면 바깥에 두거나, 카메라를 끄거나 함으로써 가릴 수 있었습니다. 심지어 의도적으로 드러내기조차 쉽지 않았죠. 저는 이제 아픈 척을 하기도 어려워졌다고 농담을 던지기도 했는데요. 최근에는 '과연 이게 비대면의 장점이라고 할 수 있을까' 계속 생각하게 됩니다.

얼마 전 저는 한 친구의 리포트를 읽었습니다. 제가 읽고 있는 책이 너무 좋다고 말하니까, 그 책을 낸 교수님의 강의에서 자신이 쓴 것을 보여준 것이었죠. 그는 새로운 세상을 위해서는 서로 다른 몸들의 대면이 필요하다고 쓴 자신의 전망이, 지금과 같은 비대면 시대에는 맞지 않는 것 같다고 덧붙였는데요. 당시 저는 "그것이 반드시 물질적 몸이어야 하느냐, 메타버스의 몸도 몸일 수 있지 않느냐" 이런 말을 가볍게 했지만 큰 확신은 없었습니다. 몸의 개념을 어떻게 규정하느냐와 같은 차원의 이야기이기 전에, 어딘가 자꾸만 제 말이 저에게도 와 닿지 않았기 때문입니다.

이번에 다울 님의 편지를 받고 이 지점을 다시 한번 생각해보게 됩니다. 어쩌면 제가 그때 제 말에서 느낀 부족함은 다음과 같은 이유에서인 것 같습니다. 질병이 쉽게 드러나지 않는, 심지어 질병을 드러내기도 어려운, 그래서 타인의 질병이라는 경험에 휘말릴 일이 없는 비대면 시대에 우리는 아픈 몸에 대해서 '해명'할 일이 없어졌을 뿐 아니라, 아픈 몸을 '설명'할 일조차 없어진 것이 아닐까?

저를 포함하여 아픈 사람들이 줌을 선호하곤 하는 이유는 그것이 우리의 만남과 일을 매끄럽게seamless 해주기 때문인 듯합니다. 원래 같으면 아파서 자꾸만 덜컹거릴 일들, 집이나 학교에 가서 강의를 듣기까지 필요한 수많은 이음새seam를 건너뛸 수 있게 해주니까요. 결코 풀리지 않는 만성적 피로를 안은 채 눈을 뜨고, 화장실에서 눈물 한 방울을 참으며 피를 조금 흘리고, 불안한 몸을 안고 집을 나서서 버스를 타고 학교까지 가는 그런 모든 방해물들이 비대면 강의에서는 사라지거나 훨씬 적은 영향을 끼친다는 점에서요. 그 이음새에는 물론 아픔의 드러남, 몸에 관한 설명이 포함되겠지요. 그러나 여기서 아픈 몸들이 다른 몸들과 부딪을 일이 사라진다는 것은 이상하게도 제 삶의 큰 부분이 부정당하는 것만 같은 느낌이 듭니다.

어느 날의 기억이 떠오릅니다. 서울의 거리 두기 단계가 그리 높지 않던 시기에 저는 시민연극 〈아파도 미안하지 않습니다)에서 저와 함께 무대에 오른 배우들과 합정역 근처 투썸플레이스 구석에서 떠들었습니다. 그날 우리는 최근 보는 드라마, 각자가 발병 초기에 받은 오진 등에 관해 이야기꽃을 피웠는데, 그 시작점은 보통 서로의 안색이나 몸의 자세를 살피는 것이었습니다. 한 사람이 다른 누군가에게 "혹시 오늘 몸이 별로 좋지 않으시냐"고 물으면, 그는 최근의 컨디션과, 그날 자신의 몸을 이끌고 합정역까지 나오며 겪은 일들을 말하기 시작합니다.

다른 몸, 타인의 아픔을 인지하고 그것에 관해 묻는 일, 자신의 몸을 설명함으로써 응답하는 일은 우리에게 일상적인 대화를 시작하는 과정이기도 했습니다. 이런 아픈 이야기들은 우리를 환자로 환원하며 의료화하지 않았어요. 오히려 우리가 어떤 이야기든 꺼낼 수 있도록 하는 튼튼한 기반이기도 했죠.

원래도 그랬지만, 지금과 같은 매끄러운 비대면 시대에 아픈 몸들의 부딪음은 일상에서 더욱 '예측하지 못한 구멍' 혹은 '이음새'일 것입니다. 그리고 사실 바로 그런 이음새가, 아픔으로 인한 불편과 불쾌들이 어쩌면 우리가 서로에게 말을 건네도록 만들어온 아주 중요한 매개일지도 모르겠습니다. 제가 저의 이야기에만 빠지거나 의료적 지식을 파고드는 대신 다른 아픈 사람의 이야기를 궁금해하고 그의 경험을 듣고자 마음먹은 것은 바로 그런 이음새 때문 아니었을까요? 그 과정에서 제가 저지른 실수들, 받은 상처들이 실은 수많은 관계를 지탱하고 있을지도요.

김원영은 《사이보그가 되다》에서 장애나 질병과 같은 취약한 몸의 조건을 가진 사람들이야말로 "단차를 용기 있게 드러내고, 어긋난 이음새는 기꺼이 견디는 역량", "덜컹거림을 감수하며 그 틈새로부터 예상치 못한 곳으로 기꺼이 뻗어가는 역량"을 가진 존재라고 말합니다.[1] 우리가 아픈 몸을 드러내는 것은 실제로 용기가 필요한 일이고, 지금껏 겪은 상처와 소외 들을 다시 돌아보게 되는 일이기도 합니다. 그래서 이 말은 저자 또한 조심스레 밝히듯 다소 낭만적일지도 모르겠습니다.

그러나 저는 이 말이 낭만적이기보다는 필연적이라고 생각합니다. 지금 우리가 살아가는 몸은 아무리 제도가 완비된다고 하더라도 계속 우리의 실존에, 일상에, 일에 영향을 주는 이음새고, 예측할 수 없는 몸으로 극복과 체념 사이에서 생존하는 우리에게는 어차피 통제할 수 없는 것들에 휘말리는 경험이 쌓여가니까요.

어쩌면 비대면의 매끄러움이 결여하는 것은 바로 그런 다른 몸들의 부딪음이 일으키는 난기류, 그 안에서 우리가 서로에게 다가갈 수 있는 가능성이 아닐까요? 그런 의미에서, 제 친구가 제시한 다른 몸들의 대면이라는 전망은 여전히 어떻게든 붙들어낼 필요가 있는 지점인 듯합니다.

저는 어차피 내 몸에 무심한 타인에게 몸을 해명하는 고통보다, 나와 부대끼는 사람들이 서로에게 자신의 몸을 설명함으로써 2인칭의 질병 서사를 함께 써 나가는 기쁨이 더 많이 말해져야 한다고 생각해요. 다울 님도 몸을 설명하는 과정이 새로운 가능성이 될 수 있다고 생각하시나요?

아, 배가 너무 고프네요. 역시 새벽까지 안 자고 글을 쓰면 안 됩니다. 그럼 저는 이만 냉장고에 침입하기 전에 잠을 청해보도록 하겠습니다. 답장 기다릴게요.

2021년 9월 2일
새벽마다 너무 배고픈 안희제 드림.

추신: 저는 트랙볼 마우스와 함께 글자가 하나도 적혀 있지 않은 청축 기계식 키보드를 사용하고 있습니다. 굉장히 정적인 마우스, 가장 시끄러운 키보드로 꾸민 제 책상이 아직까지는 퍽 마음에 든답니다. 트랙볼 마우스를 쓴 뒤로 손목 통증이 사라졌는데, 궁금하시면 알려드릴게요. 쥐 모양 우주선처럼 생긴 아주 귀여운 기계입니다.

이다울

매끄러워야 한다는

강박에 시달립니다

희제 님, 저는 약간의 오열 끝에 휴학을 결정했습니다. 모든 행정적 절차를 마무리하고 2주째 강의를 듣는 순간, '아무래도 이건 무리'라고 판단했습니다. 체력의 한계입니다. 그간의 비대면 강의는 분명 배움을 매끄럽게 하는 데 도움을 주었지만, 이번은 아니었어요. 아마 조금씩 날씨가 추워지는 탓에 몸이 경직되고 통증이 늘어나는 듯합니다.

2주 동안 저의 상태를 유심히 들여다보면서 한 학기를 잘 마칠 수 있을지 열심히 따져보았어요. 그에 더해 체력이 허락하는 한도 내에서 최대한의 배움을 얻겠다고 다짐했죠. 등록금 고지서에 찍힌 400만 원에 가까운 금액이 저를 자극한 겁니다. 이렇게나 큰돈을 그냥 날려버릴 수는 없다고 생각했어요. 처음 학교를 다닐 때부터 그런 것은 아니고요, 몸이 아프면서부터 그 생각이 커진 것 같아요. 하루 동안 체력이 붙어 있는 잠깐의 시간을 가성비 좋게 쓰고 싶었습니다.

설레는 마음으로 휘파람 불며 한 학기를 시작했습니다. 그런데 체력이 다 동나기도 전에, 최대한의 배움을 얻겠다는 원대한 포부부터 무너졌습니다. '재탕' 동영상을 발견한 겁니다. 작년에 이미 강의에 사용한 것이 명백한 동영상이었죠. 그 세태에 대해 2020년 한 해 뉴스로 보도까지 되었는데 여전하다니요. 과학 기술의 매끄러움을 이용하는 방식에 크게 실망했습니다. 아무리 비대면의 시대라지만 서로가 동시대에 연결되어 있다는 믿음이 있었거든요. 상호 간의 연결을 중시하고 동시대의 이야기를 들려주고자 애쓰는 교수님들이 그 바탕에 있었고요.

연거푸 한숨을 쉬는 동안에도 할 일은 해야 했습니다. 교무처에 항의 전화를 하고 강의를 듣고 과제를 작성하고, 등록금 분납 신청을 하고 갖가지의 장학금을 신청했습니다. 그러던 중 도저히 몸을 일으킬 수 없던 것이지요. 잦은 결석을 하면서 여차저차 다닐 수야 있겠지만 역시나 가성비가 맞지 않았달까요. 아무래도 대학교를 아예 그만두어야 할 때가 온 것 같기도 해요. 그래서 저는 앞서 말씀드린 것처럼 약간 오열하고, 휴학

문의와 꼭 듣고 싶던 과목의 청강을 신청한 다음 이렇게 희제 님께 편지를 쓰고 있습니다.

단 2주만으로도 비대면의 혹은 테크놀로지의 덜컹·덜그럭거림을 여실히 느꼈습니다. '4차 산업혁명', '트랜스 휴먼의 시대', 'AI의 지배'와 같은 말은 미래에 대한 막연한 공포와 환상으로 몸을 떨게 합니다. 그 가운데 마주한 이 덜컹거림은 현실감각을 일깨우는 계기가 되었어요.

희제 님의 편지와 소개해주신 책《사이보그가 되다》또한 마찬가지의 감각을 가져다주었습니다. 제가 발 붙이고 있는 시대의 이야기가 가득 담겨 있다는 생각이 들었어요. 사이보그로서 '시민권'을 획득한 영국의 아티스트 닐 하비슨Neil Harbisson 님의 이야기, 장애운동가·동물운동가 겸 작가인 수나우라 테일러Sunaura Taylor 님의 그림 속, 마치 반려견과 같이 보송거리는 휠체어, 인공보철을 패션화한 패럴림픽의 육상선수 에이미 멀린스Aimee Mullins 님의 이야기가 머릿속에 오래 남았습니다.

그리고 몸을 잘 일으킬 수 없던 바로 그날 총 여섯 에피소드의 꿈을 꿨어요. 그중 머릿속을 떠나지 않는 꿈이 있습니다. "각설하고, 영화의 중반부로 들어가겠습니다"라고 비행기 기장이 말했어요. 그렇게 새로운 꿈의 에피소드가 시작되었고 저는 사람들과 비행기에서 내렸습니다. 그러자 불쑥 대자연의 광경이 펼쳐졌어요. 눈앞의 모든 것이, 가보지 않은 그랜드캐니언처럼 흙빛이었어요. 사람들은 짝을 지어 결말인지 결승선인지 모를 곳을 향해 걷기 시작했고, 제 곁으로는 저보다 나이가 조금 많은 국적 불명의 남자가 다가왔습니다. 처음 보는 사이여서 어디서부터 어떻게, 무엇을 설명해야 할지 조금 막막했어요. 게다가 영어로 말을 해야 했죠. 제가 구사하는 모든 문장은 매우 어색했습니다. 완전히 덜컹덜컹 그 자체였죠. 저는 제 질병 경험에 대해 설명하기 시작했어요. 너무 자주 검색해서 복잡한 철자까지 외운 단어부터 꺼냈습니다. "I have fibromyalgia(저는 섬유근육통을 가지고 있습니다)."

　그 말을 필두로 입이 트였습니다. 국적 불명의 남자가 제 상담사라도 되는 양 모든 울분을 터뜨렸어요. 남자는 듣는 내내 초롱초롱한 눈을 빛냈고요. 제한된 언어로 말하니 오히려 직설적으로 말을 내뱉게 되더라고요. 속이 점점 시원해지면서도 마음에 자꾸 걸리는 게 하나 있었어요. 이 설명의 끝이 "하지만 뭐, 결국 다 괜찮다. 인생사 그런 거 아니겠냐"는 식의, 긍정적이고 낙관적이면서 제법 쿨한 형태여야만 한다는 게 그랬죠. 그래서 저는 영어 접속사 'But(하지만)'을 입속에 계속 대기시켜두었어요. 그런데 도저히 'But'이 나오질 않는 겁니다. 말을 하염없이 해도 아직은 끝낼 때가 아닌 것 같았어요. 저는 마치 구멍 난 곳에 땜질을 하듯 말을 채워나갔습니다. 결국 남자의 설명을 듣기는커녕 제 이야기도 다 마치지 못한 채 꿈에서 깨어났습니다.

아무래도 희제 님의 편지에 너무 과몰입한 것 같아요. 요즘 제가 겪는 모든 일이 덜컹거리는 것과 매끈한 것, 이음새와 같은 비유로 이어집니다(책임지십시오. 농담입니다). 꿈에서 아픈 이야기를 실컷 한 것도 어쩌면 희제 님의 편지와 관련이 있을지도 모르겠어요. 희제 님이 동료들과 아픈 이야기를 자유롭게 나누셨다던 날의 이미지가 인상적이었거든요. 우리의 편지는 과연 어떤 끝을 맞이하게 될까요? 우리에겐 정해진 결말이 없고 희제 님의 답장은 매번 예측 불가능하기에 겁도 조금 나지만 역시 기대가 되어요.

이제서야 안부를 묻네요. 꿈에서처럼 너무 제 이야기만 잔뜩 해버린 건 아닐까요. 어떻게 지내고 계신지요. 희제 님의 책으로 만난 분재들과 담쟁이덩굴과 꽃과 열매의 안부도 궁금해요. 언제나 천천히 편지를 기다려주셔서 감사합니다. 그럼 또 뵈어요.

2021년 9월 10일

안희제

우리는 계속

미끄러지고 있습니다

저는 지금 연남동의 어느 카페에서 편지를 쓰기 시작했습니다. 조용한 노래가 잔잔히 깔리고, 눈앞에는 모카포트와 그라인더가 진열된, 벽에는 직원들의 바리스타 자격증과 한식·양식조리기능사 자격증 들이 가득 붙은 넓은 카페입니다. 블루베리나 어쩌구 베리들을 섞어서 만든 상큼한 에이드를 마시고 있는데, 이빨 사이에 씨가 좀 끼는 것 같아 신경이 쓰이네요.

부산에서 답장을 쓸 때 말씀드렸죠. 저는 편지마다 다른 공간에서 쓰는 게 희망 사항이라고. 저번에 영등포에서 뵈었을 때가 제가 코로나19 백신 1차 접종을 받은 때인지, 1차 접종을 앞둔 때인지 잘 기억이 안 나는데, 최근에는 코로나19 백신 2차 접종을 받았습니다. 사실은 아직 집에서 쉬어야 하는 상태인데, 며칠 내내 소화 잘되는 음식만 먹고 누워서 지내다 보니 점점 관성이 무서워지기 시작하더라고요. 저번에 방에서 편지를 썼으니 이번엔 다른 곳에서 쓰고 싶기도 했고요. 그러다가 답장도 평소보다 늦어졌습니다.

이번에 다울 님의 편지를 읽으며 제가 보낸 편지에서 저도 모르게 당연시하던 지점을 발견하게 되었습니다. 저는 지난번에 대면을 몸과 덜컹거림, 혹은 이음새에, 비대면을 과학 기술 혹은 매끄러움에 대응시켰는데, 다울 님이 그 틀을 가볍게 깨주셨어요. 비대면 기술도 누가, 어떻게 사용하느냐에 따라 사람들 사이의 관계와 믿음을 아주 덜컹거리게 만들 수 있다고요. 한편으로는 재탕 강의를 이미 너무 자연스럽게, 어쩔 수 없는 것으로 여기던 저 자신이 부끄러워지기도 했어요.

"우리의 편지는 어떤 방향으로 흘러가게 될까요?" 저도 그 지점을 계속 고민하고 있는데요. 사실 예측이 잘 안 됩니다. 지금 우리가 나누는 대화만 해도 이미 "우리 이런 이야기를 나누자" 한 것에서 많이 벗어났고, 쓰다 보니 편지는 에세이나 칼럼과 달리 통제가 안 되는 영역이 훨씬 많다는 걸 알게 되었어요. 바로 그 점이 쓰는 사람에게도, 읽는 사람에게도 재미있는 지점이겠죠?

여러 이유로 휴학하게 된 사람에게 지금 배우는 강의를 인용하는 것이 과연 바람직한지 고민되지만, 우선

주신 질문에 대답하고자 이야기를 시작해보겠습니다. 저는 이번 학기에 표상문화론이라는 다소 이해하기 어려운 제목의 강의를 듣고 있습니다. "내가 뭘 배웠는지 이해는 안 되지만 학점은 잘 주셨다"라는 강의평이 종종 보이는 것으로 미뤄 짐작해볼 때, '닉값'을 하는 강의라는 것만큼은 알 수 있었습니다.

　　실제로 강의 내용은 다소 난해했습니다. 이 교수님의 강의만 네 번째 듣는 것인데 말입니다. 여하튼 아직 학기 초라서 저도 아는 것이 없지만, 강의 초반에 교수님이 소개해주신 표상문화론의 사고방식은 상당히 독특해서, 편지의 방향에 관한 고민에도 적용해볼 만한 듯합니다. 처음에 교수님은 동물들이 그려진 아주 오래된 동굴벽화를 하나 보여주시면서, 사람들이 이 벽화를 왜 그렸을 것 같냐고 질문을 던졌습니다.

　　여가를 즐기기 위해, 사냥의 성공을 기원하기 위해, 사건을 기록하기 위해…… 학생들의 대답은 다양했습니다. 제 머리에도 한 번씩 떠오른 흔한 답변이기도 했죠. 곧 교수님은 애초에 자신의 질문의 틀 자체가 그런 대답을 유도한다고 말했습니다. 그림을 그리는 것의 '이유'를 묻는 일 자체가, 그림이라는 '수단'과 그것을 그리는 이유 혹은 '목적'이 별개로 존재한다고 전제하기 때문이라는 것이었습니다. 그리고 표상문화론의 기본적인 사고방식은 바로 이런 틀, 즉 수단과 목적이 별개로 이미 존재한다는 틀에서 벗어나는 데에서 시작된다고요.

이 다소 난해한 이야기를 더욱 잘 설명하는 건 그다음에 이어진 말이었습니다. "어쩌면 그림을 그리면서 여가를 즐기는 법을 비로소 깨달은 것은 아닐까? 그림을 그리면서 영적인 차원을 느끼고 종교가 생겨난 것은 아닐까?" 우리가 으레 인간의 아주 오래된 본성이라고 생각하는 즐거움이나 영성과 같은 것들이 사실은 원래 주어져 있고 우리가 그걸 위해 어떤 것을 수단으로 동원하는 게 아니라, 오히려 무언가를 해나가면서 그런 범주를 발견해나가는 것. 이처럼 수행적으로 세계를 이해하는 게 표상문화론이라는 것이었습니다(물론 이번 편지에서도 저는 크론병 환자답게 소화가 덜 된 채로 이걸 편지에 적고 있습니다만).

저는 이걸 제 마음대로 우리의 편지에 적용해보고 싶습니다. 원래 우리는 편지를 수단으로 하여 어떤 메시지를 전달하자는 뚜렷한 '목적의식'으로 모였는데, 자꾸만 우리의 편지는 거기서 미끄러지고, 예상치 못한 이야기들을 끌어내고 있습니다. 어쩌면 지금 이 상황이야말로 우리의 메시지가 먼저 정해질 수 있는 것보다는, 오히려 편지를 주고받으면서 편지의 방향이 비로소 만들어진다는 걸 보여주는 것 아닐까요? 그래서 겁도 조금 나지만, 역시 기대가 됩니다.

이렇게 생각하니 마음이 편해집니다. 미리 결론을 단단히 생각하고 나아갈 필요는 없겠구나. 글이든 관계든 이야기든 흘러가는 대로, 흘러가는 동시에 만들어지고 있는 것일 테니. 처음 편지가 시작된 이후 다울 님과의 통화에서도 그렇고, 영등포에서 만났을 때도 그렇고, 걱정이 많은 다울 님은 제 특유의 답 없는 낙관에 당황하셨는데요. 편지의 결론을 미리 정할 필요조차 없다, 흘러가다 보면 어떻게든 된다는 생각까지 하게 된 제 모습에는 적응하실 수 있을지 궁금합니다.

저의 빠른 마감 속도는 그런 답 없는 낙관의 중요한 근거 중 하나였는데, 이번에는 거의 열흘 만에 답장을 씁니다. 상술했듯 백신과 편지 쓰는 장소의 문제도 있지만, 사실 지난 편지를 받고, 다른 일들을 조금씩 포기하면 몸이 아프더라도 학업을 이어나가는 것이 크게 무리가 없는 제가 다울 님이 건네주신 문장들에 무어라 대답해야 할지 고민하느라 답장을 쓰기 시작할 때까지 전보다 시간이 오래 걸렸습니다. 시끄럽고 사람 많은 카페에서 아주 단것들을 먹으며 친구에게 조언을 구하기도 했고요.

그 와중에 다울 님이 인스타그램 스토리에 오히려 지금 마음이 편하다는 느낌의 메모를 올려주신 걸 보고, 어쩌면 제가 머릿속에서 다울 님의 상황을 제 마음대로 '최악'의 무엇으로 상상하고 가정하고 있지는 않았나 생각하게 되기도 했습니다. 딱 맞는지는 모르겠지만, 수전 손택Susan Sontag의 문장이 떠오릅니다.

최악의 각본을 애호한다는 사실은 통제할 수 없다고 여겨지는 공포를 지배하려는 욕구를 반영해준다. 또한, 이런 사실은 단지 상상을 통해서만 재앙에 연루되려 한다는 사실을 보여주기도 한다.[1]

어쩌면 저는 다울 님의 상황에 어떤 방식으로든 실제로 연루되기보다 "단지 상상을 통해서만 연루되려" 한 것은 아니었을까 부끄러워지기도 합니다. 다음에는 이렇게 편지를 쓰기 전에 메시지를 보내거나, 인스타그램 스토리에 답장해봐야겠어요.

앞서 말씀드렸듯 저는 우리의 편지가 나아갈 방향이 편지 하나하나가 오갈 때마다 비로소 만들어지고 있다고 생각합니다. 물론 그래서 어떤 결론을 맞이할지는 전혀 모르겠습니다. 다만 결과도 과정처럼 흥미롭고 재미있을 것 같다고는 분명 생각합니다(혼자 쓰는 글이 아니라서 이런 말을 직접 할 수 있다는 게 묘한 쾌감이 있네요). 그렇다면 결국 우리가 바로 다음에 어떤 이야기를 나눌지도 일차적으로는 바로 지금 저의 타이핑에 달린 것이겠죠. 이렇게 쓰니 이상한 짓을 하고 싶어지는데요. 바로 '떠넘기기'입니다.

휴학 이후 열흘 정도가 지난 지금, 다울 님은 어떻게, 어떤 고민들을, 혹은 어떤 재미있는 공상을 하며 지내시나요? 다음 편지에서는 주제가 무엇이 되었든 다울 님이 저와 나누고 싶은 이야기, 고민을 써주시면 좋겠습니다. 아직 먼 완결에 대한 걱정은 잠시 접어두신 채로요. 이게 우리 편지의 방향에 대한 저의 (꽤나 무책임한) 대답이자 제안입니다(너무 무책임하다 싶으면 전화해주세요. 뜨끔하며 받겠습니다).

마지막으로 근황을 살짝 공유하자면, 저는 요즘 몇 개 되지도 않는 강의의 과제에 치이고, 발만 간신히 걸치고 있는 단체들에서 해야 하는 일을 간신히 해나가며, 백신 후유증이 얼른 끝나서 술을 마실 수 있는 날만을 기다리고 있습니다. 재난지원금이 들어온 것도 물론 기쁜 일입니다. 만약 12월 31일 전에 서울에서 만날 일이 있다면, 제가 세금으로 맛있는 걸 사겠다고 약속드립니다.

골골대는 사람이라면 목도리 하나쯤 잘 챙겨 다녀야 할 환절기가 왔는데, 날씨가 조금씩 추워질 것이 벌써 걱정됩니다. 평소에는 금방 편지를 보내던 사람이 갑자기 너무 늦어서 더욱 기다림이 길게 느껴지셨을 것 같습니다. 오래 고민한 만큼 좋은 편지가 나왔는지는 잘 모르겠지만요. 그럼, 다울 님이 들려주실 이야기를 기다리겠습니다. 따뜻하고 푹신한 장소에서 써주세요.

2021년 9월 19일
무책임과 낙관이 자랑인 안희제 드림.

추신: 행동경제학 필기는 언제나 공유해드릴 수 있습니다. 담쟁이덩굴은 그새 친구가 생겼어요. 꽃담쟁이라고, 잎에 꽃처럼 예쁜 무늬가 생긴다고 붙은 이름입니다.

" ------
이다울

피고와 원고는

모두 저입니다

희제 님, 편지의 결론을 미리 정할 필요 없다는 말이 매우 반갑습니다. 꿈에서조차 정해진 각본 탓에 참 곤란했으니까요. 희제 님이 편지에 써주신 대로 저는 걱정과 당혹감이 참 많습니다. 누군가 제게 날숨은 안 쉬고 들숨만 쉬는 것 같다고 말하더군요. 시도 때도 없이 '헙' 하고 놀라기 때문입니다. 말씀하신 대로 저의 걱정은 다가올 미래에 대한 방어기제로 작동합니다. 덜 깜짝 놀라려고 최악의 각본을 써두는 것이지요. 그리고 일정 부분은 저의 아버지 탓입니다. 제가 사는 동안에 "큰일 났다"라는 말을 안 하신 적이 거의 없는 분이지요. 저는 당황스러울 정도로 무한한 희제 님의 낙관을 좋아합니다. 희제 님 덕에 저의 큰 걱정이 얼마나 많이 상쇄되었는지 모르실 거예요.

제 주특기인 공상을 물어주셨군요. 공상의 유의어

혹은 상상의 종류 중에는 몽상도 있고 망상도 있지요. 모두 제게 가깝게 느껴지는 단어들입니다. 그중 저와 가장 가까운 것은 망상인데요. 다른 상상들에 비해 병리적이고 부정적인 느낌이 다소 강한 단어지요. 요즘은 소위 '덕질' 용어로서 즐겁고 유희적으로도 사용되는 것 같아 재미있습니다. 저는 허황되고 즐거운 상상도 많이 하는데 우울할 때는 셀프 재판에 가까운 망상이 주를 이뤄요. 왜 셀프냐 하면 피고와 원고가 모두 제 자신이기 때문입니다. 머릿속이 가장 산만해지는 장소는 화장실이에요. 지난 편지에서도 주로 샤워를 하며, 2인칭의 말하기 혹은 혼잣말이 쏟아진다고 말씀드렸지요.

샴푸를 짜서 머리에 버무린 뒤 그것을 씻어내는 동안에 재판이 시작되어요. 판검사와 변호사 대신 온건파와 강경파가 매번 싸움을 벌입니다. 온건파는 제게 가벼운 죄를 짓고 즐거움을 탐하라 제안하고요, 강경파는 죄를 뉘우치고 금욕주의자가 될 것을 명합니다. 강경파가 건네는 비난의 강도가 어찌나 센지 모릅니다. 얼굴이 희미한 불특정 다수를 증인으로 대동해 무차별적으로 저를 혼내죠. 그에 반해 온건파는 그 등등한 기세가 하늘을 찌릅니다. 목소리는 좀 작지만요.

머리가 꼭 팔팔 끓는 뚝배기처럼 소란한 와중에,

샤워기로 그것을 진압할 수 있어 다행이에요. 쏟아지는 물줄기 아래에서, 지나치게 그윽한 표정을 짓다가 생각합니다. '이 모든 망상은 권태로운 한 현대인의 사치이자 수치다! 그런데 사치가 뭐 어떻단 말인가? 그렇다면 수치는? 그나저나…내가 샴푸를 짰던가?' 어깨에 달라붙은 머리카락을 코에 대고 킁킁거리다보면 재판이 일시적으로 중단됩니다. 지난주에는 머리카락에서 샴푸 향이 나는 걸 확인하고도 한 번 더 샴푸를 짜는 통에 아차 싶었어요. 상상이 멈추지 않아 괴로워 펑펑 우는 날도 있습니다. 더 울기 전에 사람을 좀 만나야겠어요. 그리고 새로운 망상과 공상, 몽상의 세계를 찾아야 합니다.

망상의 제왕들을 만난 어느 여름날이 떠오릅니다. 그날은 '고골의 밤'이라는 행사를 열어 조개 님과 여치 님을 제 방에 모신 날이에요. 그 두 콤비는 말하자면 독서 메이트입니다. 둘은 종종 공통의 책을 읽고 쉴 틈 없이 수다를 떤다고 하더군요. 연애소설을 읽고 가상 캐스팅을 벌인 일화가 인상적이었죠. 그들은 당시 우크라이나 출신 소설가 니콜라이 고골 님의 《외투》를 막 읽은 참이었어요. 어찌나 재미있어 하던지 저도 그 소설가가 궁금해져 그에 대해 조금 알아보았습니다. 찰랑이는 단발머리 속 장난기 가득한 얼굴부터 호주머니 속에 언제나 간식거리를 넣고 다녔다는 점, 중국 출신 소설가 루쉰 님의 '최애'였다는 점이 흥미로웠어요. 저는 조개 님과 여치 님에게 니콜라이 고골 님의 또 다른 단편소설을 함께 읽고 싶다고 말했습니다. 그렇게 우리 셋은 고골의 밤을 개최하고, 그가 쓴 〈광인 일기〉를 읽기로 했습니다. 고골 님을 최애로 삼은 루쉰 님이, 동명의 소설을 썼다는 사실에 놀란 우리는 그것도 함께 읽기로 했지요.

두 편의 〈광인 일기〉를 읽고 모인 다음, 고골 님이 발명한 음료라는 '고골 모골Gogol mogol·Kogel mogel'* 까지 만들어 맛볼 생각으로 들떴습니다. 우리는 만났고 모두가 조금 게을렀기 때문에 두 편 모두를 읽고 온 사람

---

* 러시아의 음료. 달걀과 꿀을 넣고 거품을 낸 후 우유와 버터를 섞어 뜨겁게 마신다. 후두 통증을 제거하고 염증을 감소시켜 민간요법 감기 치료제로도 쓰인다. 고골이 만든 음료라는 것은 뜬소문이었으며 17세기 중부 유럽의 유대인 공동체에서 유래되었다고 한다. 묘길료프Mogilev의 작은 마을에 살던 고갤Gogel이라는 가수가 망가진 성대 탓에 낙담하다 만들었다는 설도 있는데 이 역시 뜬소문일 수 있다. 영어 'hug-mug', 'hugger-mugger' 또는 독일어 'Kuddelmuddel'과 같은 어원에 대한 가설이 있다.

은 아무도 없었어요. 귀찮으니 고골 모골을 만드는 것도 그만두었고요. 늘어질 때 마음이 편해진다는 여치 님은 보드카를, 각성될 때 마음이 편해진다는 조개 님은 커피를 마셨고 저는 그 둘 모두를 조금씩 마셨습니다. 우리는 〈광인 일기〉에 대한 생각은 잊고 남은 인생에 대해 실컷 하소연을 늘어놓았어요.

모두가 엎어져 눕기 시작할 때쯤, 조개 님이 낭독이라도 하자고 제안했습니다. 그래서 비교적 길이가 짧은 루쉰 님의 〈광인 일기〉를 번갈아 읽기로 했지요. 읽는 내내 여치 님은 특유의 코웃음을, 조개 님은 "무서워, 정말 무서워!"라는 말을 반복했습니다. 그렇게 고골 없는 고골의 밤을 무사히 마치고 혼자 남은 방에서 다른 한 편의 〈광인 일기〉를 읽었습니다. 그리고 두 편의 〈광인 일기〉를 읽음으로써, 망상의 제왕들을 만날 수 있었습니다. 고골 님의 글은 관가에서 일하는 9등관 관료 뽀쁘리시친이, 루쉰 님의 글은 이름 모를 광인이 그 주인공입니다.

자신이 겨우 9등관이라는 것을 참을 수 없어하는 뽀쁘리시친은 개가 사람처럼 말하는 것을 듣고 개들이 주고받는 편지를 훔쳐 읽습니다. 14등급으로 나뉜 관료의 세계가 못마땅하다 못해 분통이 터지는 뽀쁘리시친은 (스포일러 주의) 자신이 9등급인 것이 실은 망상이었으며 본인은 납치된 스페인의 국왕임을 깨닫습니다. 결국 그는 정신병원으로 이송되는 듯한데요. 그의 일기에 따르자면 그것은 대관식입니다. 어쩐지 제 머릿속 기세등등한 온건파가 떠오르는 대목이에요.

루쉰 님의 글 속 이름 모를 광인은 마을 사람들이 자신을 잡아먹을지도 모른다는 상상에 휩싸입니다. 모두가 자신을 보며 비웃는 것만 같고 손가락질을 한다고 생각합니다. 사람들은 자신을 잡아먹기 위해 '병든 자'라는 명목을 씌우고 있고요. 이 대목에서는 심한 비난을 일삼는 제 머릿속의 강경파가 떠오릅니다. 이름 모를 광인은 한 고서를 읽고 자신의 종족에 오랜 식인 풍습의 전통이 있다는 사실을 발견하게 되어요. 그는 어른들로부터 모든 것을 보고 배우는 아이들을 걱정하느라 진땀을 뺍니다.

두 광인 혹은 제왕의 일기를 읽다 보면 우스꽝스럽다가도 사뭇 진지한 표정이 됩니다. 1인칭으로 쓰인 그들의 내밀하고 세밀한 일기 그 자체가 너무나 진지하고 단호하거든요. 그래서 어디서부터 어디까지가 망상이며 광기인지 헷갈리는 겁니다. 저에게 쏟아지는 죄책감과 욕망에 대해서도 비슷한 고민을 가지고 있어요. 그것들이 과연 망상이라 부를 만큼 지나치고 과도한 것인지 아니면 꽤 적절한 것인지 아주 헷갈리는 것이지요.

한 가지 확실한 것은 희제 님을 앞에 두고 한껏 떠들고 나니 끊임없는 상상도, 울고 싶은 기분도 조금은 사라졌다는 것입니다. 저는 희제 님의 갖가지 상상도 궁금해요. 희제 님은 덕질에 소질이 있으시잖아요. 그러니 그로부터 펼쳐지는 상상도 상당할 것 같아요. 저는 무언가를 열렬히 좋아하는 사람을 보는 것이 참 좋습니다. 괜히 같이 신나거든요.

한낮의 햇볕이 강한 가을입니다. 저녁까지도 덥더니 이제는 날이 조금 차가워졌네요. 저는 막 수면 양말을 꺼내 신었어요. 다음 편지는 어디에서 쓰고 계시려나요. 모쪼록 희제 님의 무한하고 무해한 낙관이 지속되고 있기를 빕니다. 그럼, 안녕히 계세요. 역시나 다음 편지로 뵈어요.

2021년 10월 8일

추신: 보내주신 꽃담쟁이 사진 잘 보았습니다. 잎사귀 속

무늬가 전혀 꽃처럼 보이진 않지만 이름도 생김도 근사합니다. 혹시 꽃담쟁이도 덩굴을 만드나요?

인스타그램은 어디까지가 진실이고 어디까지가 허영이며 어디까지가 농담인 걸까요? (휴학을 결정하고 오히려 마음이 편해진 것은 진실입니다!)

"

안희제

그들에게 한 방을

날릴 수 있을 겁니다

편지를 쓰고 나서 마음이 조금 편해지셨다니, 제가 한 건 아무것도 없는데도 괜히 뿌듯합니다. 제가 덕질에 소질이 있다고 하신 것은 영등포의 카페에서 본 것처럼 제가 좋아하는 곡의 가사를 입혀서 만든 휴대폰 케이스와 책과 칼럼으로까지 덕질 중인 반려식물들 때문일까요?

　　지금 저는 거실에 앉아서 빗소리를 들으며 편지를 쓰고 있습니다(아무튼 제 방은 아니니 새로운 장소입니다). 조금 전에는 너무 피곤해서 잠시 산책을 다녀왔는데, 5분이라도 더 걸었으면 저 비를 그대로 다 맞을 뻔했네요.

　　여기 앉으면 함께 사는 식물들이 거의 다 보이는데요. 꽃담쟁이를 처음 데려왔을 때 하얀색과 분홍색이 섞인 이파리들이 있는 걸 사진으로 찍어둘 걸 그랬습니다. 지금도 예쁘지만 그때는 왜 이름이 꽃담쟁이인지 단번에 납득할 수밖에 없는 비주얼이었거든요. 제가 오해받은 것도 아닌데 괜히 억울하네요. 꽃담쟁이도 물론 덩굴을 만드는데, 이게 종류의 차이인지 개별 개체 단위에서의 차이인지는 몰라도, 지금도 옆에서 덩굴을 치렁치렁 늘어뜨린 그냥 담쟁이보다는 덩굴을 덜 치는 것 같습니다.

　사실 고백하자면 저는 최근에 식물들을 잘 돌보지 못했습니다. 너무 길게 뻗었거나 벌레가 알을 깐 가지를 잘라주거나, 풍성한 바질 이파리를 수확하는 게 아닌 한, 물은 거의 아버지가 주시거든요. 총 21학점에 달하는 강의들과 학교 안팎의 일들에 치이던 지난 학기가 큰 전환점이었습니다. 혹시나 아버지가 이미 물을 준 화분에 제가 또 물을 줄까 봐 화분들을 건드리지 않다 보니, 식물들을 돌보는 일의 가장 기본적인 루틴은 모두 아버지의 몫이 되어 있었습니다.

　사실 요즘은 식물보다 아이돌을 더 많이 보는 것 같습니다. 저는 예전부터 음악을 좋아했는데, 아이돌 음악은 거의 처음인 것 같아요. 아티스트의 콘서트에 가고, 앨범과 굿즈를 사고, 다양한 활동들을 하나하나 지켜보는 것과 같은 덕질은 10년도 더 전에 에픽하이의 팬클럽 하이스쿨 활동 이후 처음입니다. 지금 좋아하는 아티스트는 다소 진입장벽이 높은 세계관으로 활동하는 분들이고, 최근에 컴백했다는 정도만 여기서는 알려드릴게요.

그러다 보니 아이돌 문화에 대한 고민도 많이 하게 됩니다. 최근의 팬덤 연구들을 읽으면서 저는 현재 아이돌 산업의 핵심이 '친밀성intimacy'의 생산과 유통, 소비라고 느꼈습니다. 말씀하신 것처럼, 망상이라는 단어는 덕질을 하다 보면 자주 목격하게 됩니다. 특히 아티스트들이 무대 바깥에서, 군중에 둘러싸이지 않은 상태에서 마치 가족이나 친구, 혹은 연인이 찍어준 것처럼 나오는 '남친짤'이나 '여친짤' 같은 사진은 친밀성의 망상을 불러일으키는 가장 대표적인 사례라고 볼 수 있을 것 같습니다.

어떤 이들은 여기서의 친밀성, 팬들이 아이돌에게 품는 기대가 무의미한 가짜일 뿐이라고 말하기도 합니다. 그들이 망상이라는 단어를 사용할 때는 주로 팬덤과 아이돌 산업을 (상당히 여성혐오적인 방식으로) 폄하하는 목적일 때가 많은 것 같습니다. "철없는 빠순이들이 가짜에 속아서" 망상에 돈과 열정을 쓴다는 식으로요. 그런데 팬덤 내부에서 팬들은 스스로도 망상이라는 단어를 사용하는데, 그것이 자조적인 의미로 사용되기도 하지만, 점차 그 부정적인 의미가 어휘에서 사라져가는 것 같다는 느낌도 받습니다.

　이때 팬들 또한 이미 덕질의 일정 부분이 망상임을 알고 있고, 또 스스로의 경험을 그렇게 지칭하기도 한다는 것은 아주 중요한 지점입니다. 아이돌 문화도 하나의 산업이고, 친밀성이 연예기획사의 사업 전략이기도 하다는 것을 팬들도 (당연히) 안다는 방증이겠지요. 망상이라는 단어가 팬덤 내부에서 재미있는 방식으로 사용될 수 있는 건 이런 맥락이 존재하기 때문 아닐까요?

　그럼에도 아티스트에 대한 사랑이나 악플러에 대한 분노처럼 강한 감정이 계속 발생하고, 그것이 시간적·경제적 비용을 수반하는 다양한 실천으로도 이어진다면, 팬들과 아티스트 사이에 오가는 친밀성이 '진짜'인지 '가짜'인지가 정말로 중요한 것일까요? 정확하게 분석하려는 시도는 언제나 중요하지만, 저는 진짜와 가짜의 구분을 통해 어떤 종류의 위계를 만들려는 시도들을 볼 때 불쾌해지곤 합니다. 이건 제가 덕후가 되기 전에도 마찬가지였습니다.

　아픈 사람들은 진단명으로 설명되지 않는 증상과 통증이 엄살이라는, 즉 가짜라는 비난을 받곤 합니다. 환청이나 환시를 겪는 정신장애인에게 그건 다 가짜니 그저 무시하라고, 아무런 의미가 없다고 말하는 이들도 있습니다. 신경인지장애를 겪는 사람의 기억은 뇌 손상으로 이미 왜곡되고 짜깁기된 것이니 믿을 게 못된다고 말하는 이들도 있죠. 하지만 이런 감정, 기억, 경험은 실재합니다.

주로 생활상 조사를 통해 오키나와를 연구한 일본의 사회학자 기시 마사히코岸政彦는 연구 참여자들의 이야기에 등장하는 범주나 사건들을 되묻거나 의심하기보다 있는 그대로의 실재reality로 받아들이고자 노력하며, 연구자가 우선해야 할 일은 이야기를 분석하는 것이 아니라, 우선 이야기에 빨려 들어가는 것이라고 말합니다. 그러기 위해서는 타자를 비합리적인 존재가 아니라, 자신의 의지와 무관하게 주어진 세계 안에서 최대한 합리적으로 살아가는 존재로 전제해야 한다고도 말하지요.[1]

옳고 그름을 잠시 미뤄두고 일단 상대가 호소하는 무엇이 실재한다고 전제하고 그 이야기에 빨려 들어갈 때, 상대가 어떤 언행을 하는 데에는 (그것이 옳든 그르든) 합리적인 이유가 있을 것이라고 생각할 때, 우리는 진단명으로 설명되지 않는 이 증상이 왜 하필 지금 이 시점에 생긴 것일지 생각하며 몸을 둘러싼 환경을 더욱 넓게 고민할 수 있습니다. 환청이나 환시가 왜 하필 그런 형태와 내용으로 나타났을지 생각하며 그 사람의 삶과 사회의 상에 조금 더 가까워질 수 있습니다. 왜 하필 이 기억은 지워졌는지 저 기억은 너무도 강조되었는지 생각하며, 그 사람에게 각 사건이 어떤 의미인지 알게 될 수도 있습니다. 이처럼 두껍게 개인과 사회를 이해할 때, 우리는 더 많은 사람과 함께하기 위한 2인칭의 고민을 시작할 수 있을지도요.

　　우리가 누군가를 이해하고, 그 사람과 나를 둘러싼 사회를 이해하는 것은 자주 의료적으로 진짜나 가짜라고 진단되는 것과는 큰 상관이 없는 것 같습니다. 저는 루쉰의 소설도, 고골의 소설도 읽어본 적이 없지만, "그들의 내밀하고 세밀한 일기 그 자체가 너무나 진지하고 단호"해서 "어디서부터 어디까지가 망상이며 광기인지" 헷갈린다는 말씀이 이런 맥락에서 소중했습니다. 다울 님이 샤워기 아래에서 겪는 죄책감과 욕망에 대해 그것이 망상인지 아니면 적절한지 헷갈린다는 말씀도요.

　　망상과 광기를 참, 거짓으로 판단하기보다, 그걸로 자신을 이해하고자 하는 태도가 소위 망상에 빠져서 굿즈와 앨범을 사재끼고 음악을 들으며 행복해하는 아이돌 팬이자 아픈 사람으로서 반가웠습니다. 난데없이 제가 이해받고 위로받는 것 같기도 했고요. 어떤 감정이나 생각이 망상이든 아니든, 그것이 진짜든 가짜든, 그게 당장 나에게 큰 영향을 주고 있다면, 저는 그것의 참, 거짓을 따지는 게 우리가 생각하는 만큼 중요하지는 않다고 말하고 싶습니다.

이런 관점에서 다울 님의 죄책감과 욕망, '셀프 재판'에서 등장하는 발화들을 고민한다면, 저는 그것이 과도한지 적당한지보다 '왜 하필 그런 말들이 오갔을까?'가 궁금해집니다. 혹은 다울 님의 변론이나 의견이, 강경파와 얼굴 없는 증인들의 비난이나 온건파의 제안만큼 등장하지 않는 이유도요. 이에 관한 이야기들을 저에게 해주시지는 않아도 됩니다. 다만 망상이 그 자체로 이미 실재하고 나에게 영향을 주는 중요한 대상이라는 걸 생각한다면, 다음에는 욕실의 셀프 재판에서 강경파와 증인들을 잠시 당황시킬 수 있는 한 방을 날리실 수도 있지 않을까 하는 생각이 들었어요.

덕질에서 시작된 저의 다양한 상상을 궁금해하셨는데, 어째 신나는 이야기보다는 평소 억울하거나 답답하던 것을 와르르 쏟아낸 것은 아닐지 걱정되네요. 요즘은 제가 좋아하는 아이돌이 컴백 직후에 마구 떨어트리는 '떡밥'들을 주워 먹느라 바쁜 것 같습니다. 문화인

류학을 공부하는 사람으로서 이 김에 팬덤 참여관찰을 제대로 해보자고 마음먹은 것은 어디 가고, 이렇게 열심히 덕질만 하고 있네요. 쓰라는 원고도 안 쓰고……. 어쩌면 이 덕질이 제 대책 없는 낙관을 더욱 부추기고 있을지도 모르겠습니다.

저도 이렇게 한풀이(?)를 하니 덕질을 하며 최근 몇 달 동안 쌓인 억울함이 조금 풀립니다. 역시 덕질은 사랑과 분노가 무자비하게 섞여 있는 실천인 듯합니다. 이렇게 저의 덕질에 대해 한참 말하고 나니, 다울 님이 좋아하시는 것들에 관한 이야기를 듣고 싶어집니다. 꼭 덕질이 아니더라도요.

다울 님이 모시는 고양이 분들의 성격은 어떤가요? 소파를 뜯지는 않으시나요? 아니면 함께 이야기를 나눠보고 싶은 영화나 드라마가 있으신가요? 사진을 찍으시거나 그림을 그리실 때 어떤 고민을 하시는지도 궁금해요. 저번에는 아무 이야기나 해달라고 하더니, 이번에는 여러 질문을 이렇게 와다다 늘어놓아 버렸습니다. 여기서 마음에 드는 주제를 골라주시면, 어떤 것이든 재미있을 것 같습니다.

이제는 환절기도 지나고 정말 가을이 된 것 같습니다. 집 안에서도 반팔 티셔츠는 추워서 이불을 목까지 덮어야 한다니 말입니다. 부디 감기 바이러스도 기업들처럼 아픈 사람보단 건강한 사람을 좋아하길 바라며, 다음 편지를 기다리겠습니다. 따뜻한 걸 마시며 써주세요.

2021년 10월 10일

추신: 저는 인스타그램과 같은 소셜미디어가 조금 더 통제 가능한 영역일 뿐, 일상적인 상호작용만큼 진실이고 허영이라고 생각하는 편입니다.

안 아프게 건강하게 활동하겠다고 말하는 아티스트들에게 아파도 우리는 여전히 팬일 거라고 말하는 건 당장 아이돌 산업의 착취적 구조를 바꾸지 못하는 팬의 소심한 질병권 실천이라고 할 수 있을까요?

넓어지는 말들

"
⎯⎯⎯⎯⎯⎯⎯⎯⎯
이다울

병원 방문의

고수가 되었습니다

안녕하세요, 희제 님. 실은 편지를 보내놓고 너무나 횡설수설한 채로 횡설수설한 글을 써 보낸 건 아닐까 걱정했어요. 하지만 희제 님께서 훌륭한 주석을 달아주실 것이라 예상했습니다. 그리고 그 예상은 적중했어요. 저의 이야기를 잘 살펴주셔서 감동했습니다. 맞습니다. 맞아요. 저 또한 망상이라는 병리로부터 시작해, 진짜와 가짜라는 이분법적 구별에 혼란스러움과 반발심을 느끼고 있습니다. 가끔 세상이 거대한 '진품명품 쇼'로 여겨지고 서로가 서로를 가상의 법정에 세우는 것처럼 여겨져요. 그것은 말씀하신 대로 진짜 환자를 가려내는 일이고 진짜 여성 및 진짜 남성(사나이)을 가려내는 일이며 진짜 피해자, 진짜 어머니 등을 가려내는 일입니다.

한편으로는 무언가 정확하게 구분되기를 열심히 바라고 있습니다. 저는 병원에서 양극성 장애 진단을 받고 약 1년간 약물 부작용을 심하게 겪었습니다. 다른 병원을 방문하니 그 진단은 쉽게 철회되었어요. 진단된 이유와 철회된 이유는 정확하게 알 수 없었습니다. 그저 추정될 뿐이었지요. 저는 진단명 없이 통증에 시달린 때처럼 답답하고 혼란스러웠습니다.

제 지인분의 어머니께서는 돌아가시기 전까지 희소 뇌 질환을 양극성 장애로 오진받아 적절한 치료를 받지 못하셨어요. 뒤늦게 명확한 질환을 알아챌 수 있던 것은, 지인분이 어머니의 질병 경험을 함께하며 밤새워 논문을 찾아 읽으셨기에 가능한 일이었죠.

진위를 가려내든 가려내지 않든, 희제 님이 저의 셀프 재판에 대해 "왜 하필 그런 말들이 오갔을까?"라며 궁금해하신 것이 무척 반갑습니다. 2인칭의 대화가 떠오르는 그 물음은 숱한 병원 경험 속에서 제가 꼭 듣고 싶던 말이기도 하지요. 고골과 루쉰의 〈광인 일기〉에서도 그 물음은 매우 핵심적일 것입니다. 저는 두 망상의 제왕을 본받아 일기장에 내밀하고도 세밀한 재판 기록을 적어볼 예정이에요.

만성질환은 제 성격 변화에 많은 영향을 미쳤지만, 그중에서도 긍정적인 편에 속하는 것은 제가 수동적인 환자에서 능동적인 환자로 거듭났다는 것입니다. 물어주지 않으니 제가 도리어 묻게 된 것이지요.

처음엔 병원에서 하도 혼나니까 말을 잘 못했어요. 섬유근육통이라는 진단명이 없을 땐 그 강도가 더욱 심했죠. 운동 부족이라며 혼을 내는 병원과 운동 과다라며 혼을 내는 병원 사이에서 어쩌면 좋단 말입니까. 귀 띔해 들은 의학 정보를 살짝 꺼내기라도 하면 비웃음을 사기 일쑤였습니다(저의 오해일 수 있습니다. 그러나 피식하는 웃음, 오해를 부를 법하다고 봅니다)! 게다가 의사 선생님은 늘 바쁘고 내 뒤로 간절한 환자는 많고……. 어서 말을 마치지 않으면 그야말로 민폐라는 생각뿐이었죠.

이제는 오랜 병원 경험으로 무뎌져 크게 위축되지는 않습니다. 나름의 기술도 생겼고요. 진료실에 발을 디디고 의자에 앉는 순간, 언제부터 어떤 일이 생겼고 어떤 약을 복용 중이며 어떤 불편이 있는지 단숨에 말하게 되었습니다. 엉뚱한 질문이라도 뻔뻔히 묻지 않으면 훈계는 늘어나고 오진의 확률은 높아지며 몸에 맞는 약을 찾는 기간이 늘어난다는 것을 알게 되었고요.

의학이라는 권위 있고 전문적인 영역 앞에서, 환자는 오랫동안 수동적인 역할로 그려져 왔습니다. 하지만 이제는 조금씩 달라지고 있는 듯 보여요. 자신감을 가지고 뻔뻔히 묻는 것에서 더 나아가 눈이 아프도록 구글링을 하고 논문을 찾아 읽는 것이죠. 그런데 이것은 치료 또한 자기 계발 기술과 같이, 개인의 역량을 발휘해야 하는 모양새로도 보입니다. '건강한 몸'을 유지하는 것 자체가, 자기 계발의 한 축으로 크게 자리 잡고 있는 것과 무관하지 않겠지요. 희제 님의 병원 경험은 어떠신가요? 병원에서 어떤 환자신지도 궁금해요.

희제 님의 덕질 이야기는 역시나 예사롭지 않군요. 이 또한 감명 깊었습니다. 저는 중학생이 되자마자 록 음악에 빠진 케이스입니다. 학교에 입학했더니 미술 선생님은 핑크 플로이드의 〈Another break in the wall〉 뮤직비디오를, 영어 선생님은 제니스 조플린 님의 공연 실황 DVD를 틀어주더군요. 그 충격으로부터 헤어 나오는 데에는 긴 시간이 걸렸습니다. 저 또한 요즘에야 케이팝 음악에 눈을 뜨고 있어요. 말씀하신 '진입장벽이 높은 세계관'의 그룹도 단번에 알아챌 수 있을 만큼 꽤나 열심이랍니다. '돌판'에는 희제 님 말대로 자조의 제왕들이 가득했어요. SNS에서 한 팬분의 '팬 은퇴 기자회견'을 보고 정말 많이 웃었습니다. 이른바 불미스러운 일로 탈퇴한, 한 아이돌 멤버를 좋아하던 분이셨죠.

저는 요즘 함께 사는 고양이들에게 완전히 빠져 있습니다. 'M.M.A 크루'라는 그룹명을 가진 무디와 뭉, 그리고 아지에게요. 그들에게 갖가지 조공을 바치고 있으며 그들 모습이 인쇄된 머천다이즈를 제작 중에 있습니다. 이렇게 강력한 팬을 자처한 적은 처음이에요. 사실 저는 〈동물에 대하여〉[1]라는 수필에서도 밝힌 바 있듯, 반려동물과 다소 거리가 있었습니다. 어떻게 대해야 할지 몰라 안절부절하고는 했죠. 그런데 사람은 바뀌더군요. 그것도 아주 금방요. 희제 님이 고양이들의 성격을 물어주시기에 옳다구나 하고 편지를 가득 채워나갔어요. 하지만 이내 마음을 가라앉히고 몽땅 지웠습니다. '덕심'이 너무 과했기 때문입니다. 저희 어머니의 표현을 빌려 보다 간결하게 설명하자면, 무디는 자기주장이 강하고 고상한 상전, 뭉이는 매사에 무디고 순박한 바보, 아지는 용감하고 똑똑한 맹수입니다.

세 마리의 고양이와 부모님 댁에서 함께 지낸 지 1년이 거의 다 되어갑니다. 부모님의 보살핌과 외풍의 차단, 그리고 M.M.A 크루 덕에 보다 나은 질병 경험을 하고 있어요. 세 마리의 고양이도 곧잘 골골대는 것을 보면 흡족한 듯 보입니다. 10월인데 벌써 겨울이 온 것처럼 춥네요. 트렌치코트가 온라인 중고 장터에 잔뜩 올라오고 있다는 소문을 들었어요. 더 거세질 추위에 단단히 대비해야겠습니다. 희제 님은 추운 날씨를 어떻게 기다리고 계시려나요? 그럼, 답장을 기다리겠습니다. 안녕히 계세요.

2021년 10월 22일

"

안희제

저는 '착한' 환자입니다

아니, 잠시만요. 핑크 플로이드와 재니스 조플린이라니, 밤에 편지를 받고서 당장 메시지부터 보낼 뻔했습니다. 이렇게 반가울 수가요. 저는 중학교 3학년 때 어머니가 사서 모은 앨범들을 구경하다가 핑크 플로이드에 완전히 빠졌습니다. 학교에서 음악 수업 수행평가로 음악 신문을 만들어야 했는데, 저는 핑크 플로이드 이야기로 한 면을 가득 채워버렸어요. 그때부터 지금까지 핑크 플로이드는 제가 가장 좋아하는 밴드 중 하나입니다. 재니스 조플린은 그렇게 오래되지 않았지만, 블루스 음악을 찾다가 알게 되었고, 몇 곡을 듣고서 완전히 충격을 받았습니다. 특히 〈Cry Baby〉라는 곡이 결정타였어요. 덕심이 과해지기 전에 우선 흥분을 가라앉히고, 덕질 토크는 다음 만남으로 미뤄보겠습니다.

아 참, 저는 신촌의 한 스터디룸에서 회의 쉬는 시

간에 편지를 쓰기 시작했습니다. 공간은 넓고, 인터넷도 잘 되는데 아이스티는 심하게 밍밍합니다. 다른 분이 커피도 밍밍하다고 하는 것으로 보아, 딱 공간만 괜찮은 것 같습니다. 또 다른 분이 가져온 군고구마가 너무 맛있어서 애매한 저녁 시간에도 크게 고통스럽지는 않습니다(강화 꿀고구마입니다).

저는 병원에서 어떤 환자일까요? 사실 저는 특별히 마음에 거슬리지 않고 쓸모 있는 규칙을 잘 따르는 편입니다. 병원과 치료도 마찬가지예요. 병원에서 저는 순종적이고 조용한 환자입니다. 진료 네 시간 전부터 금식하고, 두 시간 전에 도착해서 병원 진찰 카드를 키오스크에 태그해서 '도착 확인'을 하고, 진료비를 미리 수납한 후에 피를 뽑고 밥을 먹으러 내려갑니다. 밥을 먹고서도 보통 한 시간이 넘게 기다려야 해서, 책을 읽거나 과제를 해요.

진단명이 뚜렷하게 나왔고, 이상 증상이 별로 없고, 같은 치료 방법을 거의 만 7년째 유지하며 관해기 상태에 있는 저에게 진료는 3분에서 5분 정도면 끝납니다. 주치의 선생님은 주로 화면을 보시면서 염증 수치와 간 수치를 검토하시고, "그럼 세 달 뒤에 봅시다"와 같은 말로 진료를 마칩니다. 저는 사실상 잠시 앉아 있다가 일어나는 게 전부예요. 운동이 부족해서, 약을 세 달 중에 열흘치 내외로 빼먹어서 혼나기도 하지만요.

저는 확실히 적극적인 환자는 아닙니다. 처음 진단을 받을 때는 병에 대해 모든 걸 알려고 했어요. 근데 생각보다 관해기가 빠르게 왔고, 크론병은 희소 질환 중 매우 잘 알려진 편이었고, 제가 나서서 공부하지 않아도 병원 치료로 문제가 없을 만큼 합병증도 적은 편이었습니다. 약 부작용을 진단 초기에 여러 번 겪고 나서는 약도 면역억제제 하나만 사용해서 별다른 문제를 겪지 않는 중이에요. 그래서 크론병 치료제를 굳이 적극적으로 알아보지 않고, 주치의 선생님 말씀을 잘 듣는 '착한 환자'에 가깝습니다. 그러니 제가 착한 환자가 된 건 운이 좋아서인 것이지요.

사실 '적극적인 환자'는 사회를 '건강한' 유기체로, 사회문제를 그때그때 치료하면 되는 질병으로 전제하는 사회유기체설을 토대로 하는 '기능론'을 제안한 탤컷 파슨스Talcott Parsons가 말한 '환자 역할'의 핵심입니다. "아프면 낫고 돌아오기"가 핵심인 이 개념은 파슨스가 1951년에 쓴 글을 계기로 널리 알려졌다고 해요. 여기서 환자는 ①사회적으로 요구되는 역할을 수행할 수 없게 되고, ②따라서 사회적 의무들로부터의 면제를 요구할 '특권'이 생기지만, 이는 명백히 '정상'으로부터의 일탈 상태라는 것입니다. 따라서 환자는 ③자신이 낫기 위해 최선을 다해야 하며, ④ 혼자서는 해결하기 어려우므로 전문가, 즉 의사에게 도움을 구해야 한다는 게 제가 이해한 이 개념의 내용이에요.[1]

이 개념의 가장 큰 문제는 질병이 치료될 수 있다고, 설령 그것이 완치가 아니라고 하더라도 증상이 충분히 완화된 상태와 그렇지 않은 상태가 꽤 분명히 구분된다고 전제한다는 점입니다. 그런 면에서 '환자 역할'은 건강한 날과 아픈 날을 아주 명료하게 나누어 아픈 날을 '잃어버린 시간'으로 규정하는 의료경제학과 상당한 접점을 가지는 것 같습니다.

의료경제학은 건강을 그 자체로 효용을 가져다주는 소비 효과consumption effect, 여가와 일을 가능하게 하는 투자 효과investment effect를 모두 가지는 것으로, 즉 재화이자 건강 자본health capital으로 이해합니다. 하지만 우리 모두 잘 알다시피, 만성질환자의 건강이란 그리 명료하지 않지요. 심지어는 갑자기 개선된 건강이 나에게 혼란을 주거나, 몸을 더 무리하게 해서 결과적으로 건강에 악영향을 끼치기도 합니다. 환자 역할이나 의료경제학에도 분명 의의가 있지만, 우리의 복잡한 삶을 설명하거나 개선하는 데에 얼마나 도움이 되는지 저로서는 사실 다소 의문이 해소되지 않습니다.

이처럼 건강이 그 자체로 자본인 현대 자본주의 사회에서 만성질환자는 신체적·경제적 층위에서 동시에 어려움을 경험합니다. 환자 역할이 주어지는 한, 지금과 같은 건강중심사회에서 완전히 나을 수 없는 사람, 아픈 사람의 휴식이나 치료가 전혀 고려되지 않은 지금의 노동조건에서 일할 수 없는 사람이 어떻게든 일상에 복귀하려고 노력하는 것은 그 자체로 이목을 집중시키며, 복귀의 노력은 자주 의심받습니다. 굳이 그러지 말고 쉬라는 말만이 돌아오기도 하고요.[2] 여기서 아픈 사람이 낫지 않는 것, 계속 아픈 것은 그 자신이 치료를 위해 최선을 다해야 한다는 의무를 방기했기 때문이라고 여겨지게 됩니다. 즉 질병과 그것의 관리가 모두 그저 개인화되는 것이지요.

전에 다울 님이 《천장의 무늬》에서 갑자기 활력이 돌고 다양한 일들에 도전하게 되어 기뻐하던 중에 그것도 어떤 병증이라는 이야기를 듣고서 허탈해하셨다는 게 떠올라서 조금 신경이 쓰입니다. 하지만 아픈 사람들의 현실에서 적극적인 환자가 되는 일은 자신의 몸에 관해 의사보다 더 정확한 지식을 갖게 될 가능성, 자기 돌봄의 다양한 방법을 알게 되는 일, 그래서 자신의 일상이 의료화되는 것에 대항하여 질병을 자기 삶의 일부분으로 받아들이는 과정을 함축하기도 합니다. 그러니 적극적인 환자가 되는 일이 언제나 질병의 개인화로 수렴되지만은 않을 수 있다고 생각해요. 그것이 우리에게 당장 가능한 생존 전략이지, 마땅히 우리의 책임이기만 하지는 않다는 사실을 잘 인지한다면 말이에요. 이렇게 적고 보니 저처럼 '착한' 환자도, 다울 님처럼 적극적인 환자도 온전히 의료화에 굴복하지는 않는 듯합니다.

말씀하신 것처럼, 요즘 날씨가 참 춥습니다. 낮에는 16도인데 밤에는 2도로 내려가는 황당한 일교차 때문에 저는 반팔 티셔츠 위에 스웨터, 패딩, 목도리를 챙겨 다니는 중이에요. 좋아하는 옷이 몇 개 있는데, 트렌치코트가 중고 장터에 올라오는 것과 같은 이유로 올해에 두어 번쯤 간신히 입었습니다. 좀, 아니 많이 억울하네요.

답장을 쓰기 시작할 때와 달리, 답장을 마무리하고 있는 지금 저는 제주공항에서 출발하여 김포공항으로 향하는 비행기에서 비행기 모드를 켜고 휴대폰의 메모장앱으로 편지를 쓰고 있습니다. 이번에 제주도에 올 때는 앞서 적은 것과 같은 차림에다가 안에는 반팔 대신 얇은 긴팔 티셔츠를 입었는데, 도착해 보니 이건 정말 '육지 사람'다운 준비성이었습니다. 쿠킹 호일처럼 번쩍이는 제 통통한 패딩은 1박 2일 내내 그야말로 골칫덩이였거든요.

어쩌다 보니 평소 여행과 거리가 아주 먼 제가 올해에는 서해, 동해, 남해를 모두 구경했는데, 이건 저를 활동지원사랍시고 데리고 다니지만 정작 본인이 운전도 하고 밥도 사주는 친구 덕분입니다. 김포에 도착하면 또 이 친구가 운전대를 잡아야 해서 지금은 옆에서 자고 있는데요. 부산에 오갈 때 아버지만 운전하는 게 마음이 좋지 않아 면허를 따야겠다고 생각한 것처럼, 지금도 비슷한 생각을 하고 있습니다. 제 자동차는 없지만, 늦어도 내년에는 면허를 따보려고요.

다울 님은 유독 기억에 남는 여행이 있으신가요? 누군가와 같이 여행을 다녀오신 적이 있다면, 같이 다닐 때 유독 잘 맞는 친구분이 계셨는지도 궁금해요. 많이 춥겠지만, 저는 겨울 바다를 보러 또 어딘가로 가고 싶어집니다. 그럼 답장 기다릴게요. 흥겨운 음악을 들으며 써주세요.

2021년 10월 28일

추신: M.M.A. 크루의 굿즈는 예약 판매도 하시나요?

저를 데리고 다니는 친구의 어머니께 들은 이야기인
데, 뽕잎차가 장에 좋다고 합니다. 혼자 알고 있기는 아까
운 정보라서…….

이다울

청순가련을 꿈꾸는

천하장사 소녀였지요

안녕하세요, 희제 님. 핑크 플로이드와 재니스 조플린 님에 대한 희제 님의 흥분이 여기까지 전해집니다. 저희는 나이도 비슷하니 아주 비슷한 시기에 같은 음악을 들으며 각자의 공간에서 음침한 표정을 짓고 있었겠군요. 그나저나 이렇게 아무렇지 않은 척 인사를 드리기엔 답장이 참 많이 늦었습니다. 한 번도 재촉하지 않고 늘 천천히 기다려주셔서 정말 송구스럽고 감사할 따름입니다.

실은 질병에 대해 희제 님과 어떤 말을 더 나눌 수 있을지 감이 잡히지 않았어요. 제게 아픔은 이제 더 이상 하나의 사건이 아니라 익숙하고 지루한 일상이 되어버렸고 그것은 아마 희제 님도 마찬가지겠지요? 익숙한 것들은 거리를 두고 보기가 참 어렵다며 변명을 늘어놓게 됩니다.

여기서 잠시, 제가 질병을 극복의 대상이 아니라 제 삶 그 자체로 둔다고 해서 의료화에 굴복하지 않고 저항한다 말해주신다면 솔직히 민망합니다. 저로서는 그저 마지못해 포기한 것이거든요. 탤컷 파슨스님 말대로 낫고 돌아오면 좋겠지만 이제는 병원에서도 '불치'와 '난치'라는 말을 심심찮게 꺼내기 때문에, 더 이상 희망 회로를 돌릴 수 없던 것이지요.

희제 님 책 제목에도 등장하는 난치나 불치와 같은 단어는 아무래도 가련한 인상을 줍니다. 저는 오늘 희제 님께 들려드릴 이야기를 여기서부터 시작해보려고 해요. 혹시 희제 님에게 있어 가련한, 그에 더해 청순가련한 여주인공의 원형은 누구인가요? 저는 단연 〈마지막 잎새〉의 주인공 존시입니다. 오랫동안 작가 이름은 모른 채 갖가지 출판사의 단행본과 그 속에 있는 갖가지의 그림들로 만났더랬지요. 글로만 읽었다면 존시는 제게 청순가련한 인상보다는 그저 지독하게 아프기에 지독하게 우울한 인물에 더 가까웠을 것 같아요. 그런데 그 그림들이 너무나 인상 깊던 거죠. 비를 맞고 쓰러진 화가 양반의 모습도 잊을 수 없지만 침대에 누워 잎새를 세는 존시의 가녀리고 처연한 모습이 그렇게나 아름다워 보였답니다.

저는 미취학 아동 시절부터 가련한 모습과는 거리가 멀었습니다. 스스로 멀다고 생각한 게 더 정확할 겁니다. 주변 사람들은 어떻게 생각했는지 모르겠어요. 유치원 배낭을 한쪽 어깨에 걸치고 터프한 표정을 지은 것이 기억납니다. 실제로는 언제나 체중 미달이었음에도 제 몸집이 꽤 크다고 생각했고 그것에 만족했습니다. 남자 형제를 두어서인지 아니면 남자아이들에게만 '짱'이라는 호칭이 붙어서인지는 몰라도 힘이 센 남자아이들을 질투하거나 동경했어요. 언제나 누군가를 지켜야 한다고 생각했습니다(이 대목은 무언가 정신분석학적 감정을 해보고 싶어집니다). 제가 승부욕이 무척 세서 열네 살에 씨름 대회의 천하장사가 된 뒤 포효했다는 것은 《천장의 무늬》를 통해 희제 님도 보셨겠지요.

그랬던 저도 가끔은 남들 몰래 그런 상상을 했습니다. '칠판 앞에서 쓰러지고 싶다!', '구령대 앞에서 쓰러지고 싶다!', '희멀건 얼굴로 가련하고 처연하게 실려 가고 싶다!' 아홉 살에서 열 살 무렵에 나무 책상을 긁으면서, 허전한 마음을 그렇게 달랬습니다. 주목받고 싶어서 한 상상이니까 그 욕망은 거셌고 동시에 부끄러움도 거셌습니다. 지금 생각해보면 주목을 받고 싶은 동시에 보살핌을 받고 싶던 것 같아요. 요즘은 하지 않는 상상인데요. 쓰러질 만큼 아픈 것도 싫고 응급실 비용을 내기도 싫기 때문입니다.

제가 이렇게 주절주절 가련함에 대해 초석을 까는 이유는 물론 저의 질병 생활이 그리 청순가련하지 않다는 것을 말하기 위해서입니다. 종종 그렇게 보일 수야 있겠지만 특히 요즘의 전 무척이나 우스꽝스럽답니다. 요즘 다시 몸에 한껏 소름이 돋다가 이내 땀이 주르륵 흐르기를 반복하고 있거든요. 아무래도 호르몬 문제인 것 같은데, 괜찮아지는 것 같더니만 또 시작이네요. 겪는 것 자체로는 그리 즐겁지 않습니다. 정말이지 정신없이 귀찮거든요. 그 증상이 시작되면 거의 30초마다 춥다가 덥기를 반복하니 옷을 벗다가 입다가 난리도 아니랍니다.

학교를 다니거나 직장을 다니지 않아 얼마나 다행인지 모릅니다. 이 겨울의 날씨에 뜨거워진 몸을 참을 수 없어 옷을 몽땅 벗어던지고 방 안을 어수선하게 돌아다니다가, 이후 오돌토돌 소름이 돋으면 주섬주섬 옷을 주워 입는 꼴이 너무 우습기 때문이에요. 온몸의 통증이 심한 날에도 결코 청순가련한 모습이 아니라는 것은 잘 알고 계시겠지요. 우선 잘 씻지를 못해 금세 꾀죄죄해지거든요. 〈마지막 잎새〉 속 존시는 어쩜 그리 잘 세팅된 머리를 하고 있던 걸까요? 저는 문득 존시를 헌신적으로 돌보던 친구 수의 입장도 궁금해집니다. 그나저나 다시 읽어보니 둘의 관계는 예사롭지 않아 보이는데요.

저는 전형적이거나 추상적인 이미지들로부터 벗어난, 혹은 반대로 너무나 전형적인 희제 님만의 고유한 경험도 무척 궁금합니다. 사실 전부터 조금 의아한 것이 하나 있는데요. 희제 님께서는 질병에 관한, 3인칭 글쓰기의 한계를 말하며 그것을 신문 기사나 논문에 빗대셨습니다. 그런데 매 편지마다 논문을 인용하시고 있지 않습니까? 저야 매번 감사한 마음으로 배우며 읽고 있습니다. 다만 희제 님이 직접 그 한계를 지적하셨기에 조금 의아한 마음이 드는 것입니다. 만약 제가 오해한 부분이 있다면 너그러이 용서해주시고 한 번 더 알려주시면 잘 이해해보겠습니다.

비행기에서 답장을 쓰고 계셨다고 하시니 무작정 부러워져요. 제주도에서 어떤 일을 겪고 오셨을지 궁금합니다. 저는 바다를 조금 무서워하는 편이에요. 너무 넓어서 그렇습니다. 저는 아무래도 바다파보다는 산파인지라 산으로 떠난 몇몇의 여행을 추억하고 있어요. 체력이 좀 늘어난다면 조만간 뒷산을 올라야겠습니다.

다음번 편지는 어디서 보내오시려나요? 기대하고 있겠습니다. 그럼, 안녕히 계세요.

2021년 11월 21일

추신: 미안합니다. M.M.A 굿즈는 개인 소장품입니다.

채소 비트가 혈관 건강에 좋다는 정보를 알려드립니다. 우유와 갈아 마셔도 맛있고 밥을 지을 때 작게 썰어 넣어도 맛있습니다.

안희제

가련한 모습을

들키고 말았습니다

오랜만에 편지를 받고 정말 반가웠습니다. 어쨌든 책을 쓰자고 모이기는 했지만, 누군가와 꾸준히 편지를 주고 받은 것은 이번이 처음이라 그런지 되게 재미있더라고요. 편지가 안 오면 마감이 밀린다는 생각은 안 들고, 그 냥 좀 심심하고, 다음 편지는 무슨 내용일지만 궁금합니다(편집자님, 죄송합니다).

저는 지금 서촌에 있는 한 갤러리 겸 카페에 앉아 답장을 쓰고 있습니다. 오늘은 다소 이례적으로 종일 바쁘게 움직였습니다. 기말 리포트를 위한 면담과 곧 이어진 강의까지 끝난 후에 저는 밥도 안 먹고 오후 5시쯤 집에서 나왔고, 서울역의 롯데리아로 향했습니다. 6시 20분에 서울역 바로 옆에 붙어 있는 문화역서울284에 〈()〉라는 VR 전시 하나를 예약해놨기 때문입니다(네, 작품 제목이 정말 '괄호'입니다). 그 전시가 끝난 후에는 바로 나와서 버스를 타고 다른 곳에 와서 오스트리아 영화를 기다리고 있습니다. 집에 가면 아마 이번 주 수업 교재인 《달까지 가자》를 읽어야겠죠.

저는 어릴 때 만화든 영화든 드라마든 주인공들이 강력한(?) 것만 주로 봐서 그런지, 청순가련한 여주인공에 관한 원형은 떠오르지 않네요. 소설은 기껏해야 추리소설이나 공포소설을 읽었고, 애초에 인물에 큰 관심이 없어서 어떤 인물들이 있었는지조차 잘 기억이 안 납니다. 물론 그래도 가련하다는 말의 느낌은 확실히 알아요. 어딘지 모르게 혼자 두면 안 될 것 같고, 옆에 가서 뭐라도 챙겨줘야 할 것 같은…….

그런 의미에서 최근에 저는 '가련한' 모습을 사람들에게 보이고 말았습니다. 이게 "남자는 아프면 안 된다"라는 (딱히 따를 수도 없는) 기이한 규범에 따른 거부감인지, 아니면 여러 불쾌한 증상을 동반하는 크론병을 겪는 사람으로서 느끼는 수치심인지는 모르겠습니다만, 저는 사람들 앞에서 아플 때마다 무어라 말로 자세히 표현하기 어려운 좌절을 느낍니다.

지난주 금요일, 대학교로 향하는 버스에서 내리기 조금 전부터 가슴 부근에 압박감이 있었습니다. 이는 피로가 쌓이면 자주 찾아오는 증상인데, 사실 피곤하지 않은 날이 거의 없어서 이게 특별히 위험한 신호인지 아닌지도 헷갈릴 때가 많습니다. 그래서 저는 우선 예정대로 대학교로 향했어요.

건물로 들어가 사람들과 있을 때만 해도 문제가 없었습니다. 그런데 시간이 지날수록 이상하게 가슴의 압박감이 심해지고, 곧이어 두통이 생겼습니다. 가장 불길한 종류의 두통이었어요. 재수를 하던 2014년에 크론병 진단을 받은 후 저를 가장 힘들게 한 건 두통과 관절통이었습니다. 머리를 가늘게 관통하는 듯한 두통이 오기 시작하면 잠시 후부터 손가락과 발가락 마디마디와 무릎을 바늘로 가볍게 찌르는 듯한 통증이 시작되었고, 가늘고 긴 통증은 머리 둘레를 돌아가며 찔러대는 통증으로 바뀌었습니다. 그때마다 저는 '울트라셋'이라는 진통제를 먹었는데, 하루 최대치로 복용해도 통증은 가라앉지 않았습니다. 그러면 저는 억울한 가슴을 안고 3호선 지하철을 타고 집에 오곤 했습니다.

그런데 바로 그 모든 상황의 발단을 상징하는 종류의 가늘고 긴 두통이 이번에 또 온 것입니다. 이 증상은 적어도 2년 만에 온 것이라 적잖이 당황스러웠고, 이는 무슨 증상이 더 생길지 모른다는 불안으로 이어졌습니다. 그리고 불안은 과호흡이 되었어요. 각자 논문과

책을 읽은 소감을 나누는 그 자리에서 저는 이야기에도, 눈앞의 글에도 집중할 수 없었습니다. 이전처럼 과호흡이 심하게 와서 응급실에 가는 일만큼은 피하려고 저는 죽을힘을 다해서 호흡을 조절했습니다. 그리고 휴식 시간이 선언되자마자 저는 항상 들고 다니는 '미가펜'이라는 두통약을 들고 물을 마시러 나갔습니다.

그 당시에는 누군가에게 도움을 청할 수 있다는, 혹은 청해야 한다는 생각은 하지도 못했고, 그저 당장 약을 먹어야 한다는 생각뿐이었습니다. 진통제를 최대치로 먹어도 아무런 소용이 없던 날들, 학원에서 수업 시간에 온갖 증상을 견딜 수 없어서 아무도 없는 학원 난간 계단에 나가서 찬 바닥에 앉아 반쯤 잠들곤 하던 기억들이 떠올라서였을까, 저는 과호흡을 막기 위해 두통약을 먹은 후 계단에서 난간을 붙들고 찬 공기를 마시면서 몸과 마음을 진정시키려고 했어요.

함께 있던 사람들은 저에게 달려와서 정수기 버튼을 대신 누르고 컵에 물을 받아다 주었고, 무엇이 필요한지 물어주었고, 난간에 기댄 나를 부축해서 사무실의 침대로 데려가 눕혀 주었습니다. 친구 한 명은 사무실 문 앞에 거리를 두고 서서 저에게 도움이 필요하지는 않은지 계속 살폈고요. 호흡이 조금씩 안정되고, 두통이 줄어들기 시작해서 비로소 정신이 들 때, 갑자기 눈물이 나려 했습니다. 이 모든 상황이 억울하고 수치스러웠던 걸까요. 옆에 있던 친구에게 저는 사람들 앞에서 아픈 게 제일 싫다며 울먹거렸습니다. 저에게 타디스TARDIS*가 있다면 그때로 돌아가서 제가 아무 말도 못 하게 막고 싶습니다.

이 경험은 뜻밖에도 사람들에 대한 신뢰로 이어졌습니다. 자주 아프고, 아픈 것으로 오해받고 의심받는 경험이 쌓이면서 저는 누군가가 제 몸을 이해해줄 것이라는 기대를 버리게 되었습니다. 가까운 사람들로부터 겪은 것일수록 그 상처는 더욱 오래갔어요. 그런데 과호흡을 온몸으로 참아내던 저에게 이 사람들은 인문학 서적에서나 등장하는 종류의 무조건적인 환대를 해주었어요. 아픈 사람들이 모인 것도 아닌데 말이에요.

그때 사람들은 '저에게' 질문을 하기 시작했어요. 무엇이 필요한지, 어디가 아픈 건지, 어떻게 하면 나아지는지, 지금 무엇을 원하는지……. 그들은 '대학생', '남성', '질병'과 같은 관념은 잠시 뒤로 미뤄두고, 당장 눈

---

* 영국 드라마 〈닥터 후〉에 등장하는 타임머신으로, "Time And Relative Dimension In Space"의 약자다.

앞에 있는 사람에게 직접 말을 건네고 있었어요. 그래서일까요. 너무도 자주 폭력적으로 다가오던, 어디가 왜 아프냐는 질문이 이번에는 라디에이터 근처에서 따뜻하게 잘 데워진 담요 같았습니다.

그 질문들이 따뜻하게 느껴질 수 있던 건 그게 2인칭의 대화였기 때문이었습니다. 그런데 2인칭의 대화는 단지 상대방의 말만을 듣고 믿는 것이 아니라, 온 힘을 다해서 상대방을 이해하려는 시도기도 합니다. 어떤 이들은 저와 대화를 나눈 후 집에 가서 크론병을 검색하기도 하고, 거기서 발견하는 대장 내시경 영상들은 때로 과도한 걱정으로 이어지기도 합니다.

하지만 이들이 저를 의료적으로 파악하는 것을 넘어, 일상 안에 존재하는 한 명의 사람으로 조금 더 이해하기 위해 크론병에 관한 의료 정보를 언급하는 것을 꼭 3인칭의 대화라고 할 수 있을까요? 무엇을 근거로 두는지도 물론 중요하겠지만, 무엇보다도 중요한 건 그 대화가 나아가는 방향이 아닐까 생각해요. 자신의 믿음을 강화하는 방향인지, '객관적 지식'을 만들어나가는 방향인지, 아니면 지금 대화를 나누는 '당신'에게 다가가는 방향인지에 따라 그 대화의 이름은 바뀌는 것이겠죠.

함께 인터뷰도 했고, 인스타그램도 '맞팔'이고, 이

렇게 몇 달 동안 짧지 않은 편지들을 주고받고 있고, 둘 다 아픈 사람이고, 나이도 비슷하지만, 저는 여전히 다울 님을 잘 알지 못합니다. 그리고 편지라는 매체는 한 번의 왕복에 필요한 시간이 상당하지요. 이런 상황에서 다울 님의 편지를 조금이라도 더 잘 이해해보려는 시도가 저에게는 제가 읽은 논문들을 떠올리는 것이었습니다. 마치 크론병이라는 걸 저에게서 처음 듣곤 다음 약속 전까지 크론병을 검색창에 입력한 이들처럼 말이에요. 아마 우리가 자주 만날 수 있었다거나, 편지로 오갈 내용들을 인스타그램 다이렉트 메시지 혹은 '카톡'으로 나누었다면 논문을 훨씬 적게 활용했을지도 모르겠지만요.

다울 님과 편지를 나누며 생각해봅니다. 2인칭의 대화란, 어쩌면 나의 감정과 경험이라는 1인칭의 무엇과 내가 습득한 지식이라는 3인칭의 무엇을 모두 당신이라는 2인칭의 존재를 통해 다시 불러내어, 당신을 중심에 두고 재구성하는 일일지도 모르겠다고요.

솔직히 말씀드리자면, 질병에 대해 더 나눌 이야기가 없다는 말씀이 저는 반갑습니다. 심지어 제가 최근에 《비마이너》에 쓴 칼럼의 제목은 〈아픈 이야기를 쓰고 싶지 않다〉이기까지 했으니까요. 저를 단지 아픈 사람으로만 보고 제 의사와 무관하게 의료 정보를 던져대는 사람들을 겪다 보면, 아픈 것, 질병에 관한 것만 아니라면 무엇에 대해서든 이야기를 나누고 싶어집니다. 최근에는 무언가에 홀린 듯 온갖 전시회를 찾아다니고 있어요. 얼마 전 카톡으로 알려드린 차이밍 량 감독의 VR 영화 〈폐허〉도 조만간 보러 가려고 합니다(아 참, 이것도 질병에 대한 영화였네요. 이런……).

제주도에서는 친구의 어머니와 아버지가 이끌어주시는 곳을 따라다니며 그야말로 '현지인이 추천하는 맛집 투어'를 제대로 즐겼습니다. 올해 먹은 것 중에 가장 맛있는 걸 꼽으라면 이때 먹은 것들이 반드시 들어갈 겁니다. 저는 넓은 것보단 깊은 것, 그러니까 수직적인 것에 조금 더 공포를 느끼는 편이라 그런지, 시커먼 바닷물과 높은 산을 모두 꺼립니다. 산은 근처에서 보거나, 드라이브를 하는 걸로 족하고, 바다는 물이 닿지 않는 곳에 앉거나 서서 바라보는 걸 즐깁니다.

뜬금없지만 저는 가끔 머리 스타일을 완전히 바꾸어야 직성이 풀립니다. 투블럭을 하다가, 스크래치를 넣었다가, 갑자기 머리를 길게 길러서 히피펌을 하고 묶고 다녔다가, 변발처럼 양 옆을 다 밀고 긴 앞머리만 뒤로 묶는다거나, 그렇게 할 때마다 어딘지 모를 쾌감과 해방감이 있더라고요. "I am my hair"라는 가사가 있는 레이디 가가의 〈Hair〉라는 곡을 듣거나, 주인공 아이가 갑갑한 가족사진 촬영 현장에서 도망쳐서 반은 금색이고 반은 검은색인 가발을 쓴 후 춤을 추며 사방을 활보하는 시아의 〈Move Your Body〉라는 곡의 뮤직비디오를 볼 때 기분이 좋은 건 그런 이유도 있을까요?

최근에는 갑자기 예쁜 옷을 사고 싶어서 쇼핑몰 앱을 여러 개 다운로드받고 들어가서 옷을 뒤지고 있습니다. 최근에 해안가를 공중에서 내려다보는 시점으로 그린 그림이 인쇄된 스웨터를 하나 샀는데, 꽤 만족스러워서 좀 아껴 입고 있습니다. 바지를 새로 사기보다는 약간 찢어진 바지를 어떻게 리폼을 해보고 싶기도 하네요. 손재주가 없는 편이라 실제로 해볼지는 미지수지만 말입니다.

제 기억이 맞는지 모르겠는데, 다울 님은 직접 옷을 파신 적도 있지 않나요? 모델이 되어 사진을 찍으신 적도 있던 것 같은데……. 다울 님께 옷, 아니면 패션은 어떤 의미일까요? 꼭 옷이 아니더라도, 외적인 요소로 자신을 표현하는 게 일상에서 얼마나 중요한지 궁금해요. 큰 의미가 없다면 그냥 다른 아무 이야기를 해주셔도 되고요. 여느 때와 같이, 느긋하게, 때로 심심하게 기다리겠습니다. 마음 편히 써주세요.

2021년 11월 27일

깊은 동면 후 3월에 일어나고 싶지만 개강은 싫은

안희제 드림.

추신: '저항'이라는 것이 뚜렷한 의지를 수반하는 거대한 무엇일 필요는 없다고 생각해요. 때로 어떤 몸들은 특정한 시공간을 점유하는 것만으로도 그 시공간에 기현상을 일으키곤 하니까요. 물론 자신의 상황을 설명할 때는 그 자신이 어떤 언어를 선택하는지가 중요하다고 생각합니다.

만약 편지를 쓰시기 전에 산을 다녀오신다면 사진으로 좋은 경치 한 번만 구경시켜주세요.

"

이다울

각종 진통제를

삼킬 수밖에 없잖아요

안녕하세요, 희제 님. 편지 잘 받았습니다. 답하고 싶은 문장이 참 많았어요. 가장 먼저 성별에서 비롯한 우리의 차이를 재미있게 읽었습니다. 저는 여성이라는 이유로 수행해야 하는 가련한 모습을 거부하면서도 남몰래 탐내던 반면, 희제 님께서는 남성이라는 이유로 가련한 모습을 수치로 여겨야 했군요. 어린 시절 즐겨보던 강력한 주인공들은 주로 남성 캐릭터였나요? 아니면 여성? 아니면 알 수 없는 성? 그나저나 편치 않은 상황에서 불길한 두통과 과호흡을 겪으셨다니 정말 고생하셨습니다. 친구분들의 도움을 받으셨다니 정말 다행이에요.

편지를 받고 나서 희제 님이 쓰신 칼럼, 〈아픈 이야기를 쓰고 싶지 않다〉를 읽고 왔어요. 그동안 각종 속상한 경험을 겪고 계셨군요. 마음 깊이 공감합니다. 저는 최근 '아픈 사람' 혹은 '환자'가 나의 정체성이 되어버리는 걸 부정하기에 이르렀어요. 칼럼에서 희제 님이 텔레비전 인터뷰를 한 뒤 "결국 방송에 담긴 것은 환자로서의 나와 어머니의 눈물뿐"이었단 소감을 읽고 나니 그 마음이 더 강해집니다.[1]

　　질병을 주제로 최근 번역된 책과 인터뷰 따위를 보면서, 한국뿐 아니라 다른 나라에서도(저로서는 그래봤자, 이를테면 미국) 질병과 돌봄에 관한 논의가 더 넓고 빠르게 확장되고 있다는 인상을 받았습니다. 우리가 함께 질병이나 만성질환을 주제로 편지를 쓰게 된 것도 그 흐름 속에 진행된 일이겠지요? 무척 반가워요. 매일 아픈 사람들의 글을 처음 접하고 나서, 반가움과 슬픔에 큰 소리로 울던 게 떠올라요.

　　그런데 때때로 심술이 나는 거예요. 지독한 우울증으로부터 비롯된 냉소가 고개를 쳐드는 것입니다. 희제 님은 아픈 이야기를 쓰는 대신 '저항'의 이야기를 쓰고 싶다고 하셨지요. 몸이 나아지는 치료와 극복의 서사 대신, 아픈 몸인 채로 더 나은 삶을 상상하고자 하셨고요. 같은 매체의 다른 칼럼에서는 "크론병을 치료할 수 있다면 치료를 받으실 건가요?"라는 질문에 "시원치 못한 대답"을 내놓기로 결정하셨습니다.[2] 하지만 저라면 시원한 대답을 내놓았을 것 같아요. 치료를 받겠다는 대답을요.

　　나아지고 싶습니다. 어떤 통증에는 간혹 쾌감도 있지만 대부분의 통증은 불쾌한 감각을 가져다주잖아요. 저도 분명 질병을 쫓아내야 할 악령이나 결함 따위로 취급하는 것에 반대하고 있습니다. 아픈 몸에 걸맞은 다양한 삶이 조성되기를 간절히 바라고 있습니다. 다만 끊이지 않는 통증 그리고 불길한 통증 앞에서 우리는 각종 진통제를 삼킬 수밖에 없잖아요. 희제 님의 경우에는 울트라셋과 미가펜을요. 게다가 저는 여전히 가련한 모습으로 보이길 때때로 희망하고 있는걸요.

　　그 때문인 것 같아요. 제가 저항이라는 언어에 어색함과 민망함을 느낀 것은요. 그런데 희제 님이 달아주신 추신을 보고는 마음이 움직였습니다. (갑자기?) (네.) 그저 존재하는 것만으로도 시공간이 반응을 하다니요. 거대한 세상 앞에서 저라는 개인은 자주 무력해집니다. 가끔은 온세상 사람들이 저를 빼고 신나는 일이나 음모를 꾸미는 것 같고요. 제 목소리는 결코 닿을 것 같지 않습니다. 그런데 희제 님의 추신은 나의 몸이 세상과 불화하는 순간에 대해 말하는 것을, 덜 주저하게 했습니다.

　　머리 스타일 이야기를 해주셔서 즐거웠어요. 변발

이라니, 정말 범상치 않으시군요. 제가 옷을 판매한 일은 희제 님이 머리 스타일을 바꾸는 것만큼이나 충동적인 일이었습니다. 집 앞 5분 거리에 구제 옷가게 도소매점이 있는 거예요. 그곳에서 도매로 옷을 사온 다음 인터넷으로 판매하자 싶었죠. 그러던 어느 날 그 옷가게가 이사를 가버린 겁니다. 저도 덩달아 문을 닫을 수밖에 없었죠.

논문의 인용에 대해 설명해주신 것도 감사히 읽었어요. 희제 님께서 논문이나 신문 기사의 효용을 전부 부정하시는 건 아니라고 생각했어요. 그래서 더 실례를 무릅쓰고 약간의 건방을 떨어보았답니다. 용서해주세요. 다만 저는 조금 헷갈리는 것입니다. 희제 님이 보내주신 네 번째 편지에서는 이번에 보내주신 편지와는 조금 다르게 말씀하셨습니다.

그러니까 지난 편지에서는, "저에게 조금 더 묻기보다 모르는 사람의 대장 내시경 사진으로 저의 몸을 먼저 파악하려고 한 것도 3인칭(의 대화)일 것입니다"라고 쓰셨습니다. 그런데 이번 편지에서는 같은 행위에 대해, "하지만 이들이 저를 조금 더 이해하기 위해 크론병에 관한 의료 정보를 언급하는 것을 꼭 3인칭의 대화라고 할 수 있을까요?"라고 쓰고 계십니다.

이번 희제 님의 물음은 제가 과거의 희제 님께 되묻고 싶은 질문입니다! 인터넷으로 대장 내시경 사진을 검색한 이들에 대해 어떤 마음을 가지고 계시는지요? 보내주신 편지로 미루어보았을 때, 아마도 양가적인 마음이 들지 않으실까 추측해봅니다. 희제 님 편지를 읽고 나니, 상황이나 상태에 따라서 그리고 이야기를 주고받는 상대에 따라서 달라지는 대화의 속성을 생각해보게 됩니다.

저 같은 경우에는 둘째 이모와의 대화에서 양가감정을 느낍니다. 한동안 크게 편찮으셨던 이모는 기력이 달려 얼마 활동하지 못하는 설움을 제 곁의 누구보다 잘 아십니다. 그런 이모는 저를 만나기만 하면 "산에 내다 꽂아버려야 한다"고 말씀하시곤 해요. 그렇게 던져두면 어떻게든 살아남을 거라면서요. 이모는 매일, 빠짐없이 두 시간씩 등산을 하는 분이십니다.

어떤 날은 이모의 말이 참 서운하게 들립니다. 제 질병이 그런 종류의 것이 아니기 때문이죠. 그저 기초 체력을 기른다고 해서 해결되는 것도 아닐뿐더러, 지나친 활동은 오히려 증상을 악화시킨단 말입니다! 하지만 어떤 날은 그 말이 그저 웃기고 고맙습니다. 제가 살아남길 바라는 거친 애정 표현으로 들리거든요.

안전안내문자가 급격한 기온 강하를 알리네요. 대자연이 무섭습니다. 그나저나 처음 편지를 보낼 땐 서로가 폭염에 유의하자고 말했는데, 이제는 한파를 걱정하고 있어요. 희제 님과 편지를 나누는 동안 벌써 이렇게 많은 시간이 흘렀네요. 이번에는 한파를 조심하시고, 역시나 다음 편지를 기다리며 잘 존재해보겠습니다. 그럼, 안녕히 계세요.

2021년 12월 11일

다시 태어나는 말들

안희제

조금 다른 구원과

희망을 상상합니다

이번 편지가 제가 보낸 답장 중 가장 늦은 것 같아서 죄송스럽습니다. 그간 잘 지내셨나요? 코로나19 확산세도, 날씨의 변화도 무섭습니다. 정말이지 위험사회에 살고 있다는 생각을 매일같이 하는데요.

역시 제가 어디선가 읽은 것을 제멋대로 쓰니 '2인칭의 대화'라는 게 생각보다 상당히 모호하게 느껴질 수 있다는 걸 새삼 깨닫습니다. 다울 님의 추측은 정확합니다. 저 또한 저에게 의료 정보를 언급하는 이들에 대해 양가적인 감정을 갖게 됩니다. 그리고 이는 한편으로 당연한 이야기지만, 다울 님이 언급하신 이모님의 이야기에서도 드러나듯이 상황의 문제라고 생각해요. 같은 사람의 같은 말도 어떤 시점에 어떤 표정과 말투로, 어떤 상황에서 듣느냐에 따라 다르니까요.

이번에 인용해주신, 표면적으로 상충하는 저의 두

문장을 다시 읽으면서 떠올리니 두 상황이 크게 달랐습니다. 어떤 이들은 의료 정보를 통해 저를 '환자'로만 파악하고, 저의 질병이나 저에게 필요한 것에 대해 더 고민하지 않는 듯했지만, 또 어떤 이들은 질병이 저의 삶에 주는 영향을 시작점으로 삼아 제 일상을 이해하고, 저와 함께하는 법을 고민하려는 듯했습니다. 같은 사람에게서 나오는 "아프면 병원 가"라는 말도 아픈 사람을 침묵시키는 말이거나, 다른 해줄 수 있는 게 없어서 마지막으로 꺼내야 하던 말일 때도 있는 것처럼요.

저는 지금 홍대에서 집으로 가는 버스에서 답장을 쓰고 있습니다. 2년째 사랑하는 밴드 보수동쿨러의 콘서트인데, 작년부터 빠져 있는 김뜻돌 밴드가 게스트로 와서 지금도 현실감이 없습니다. 비록 방역 때문에 마스크를 끼고, 지정된 자리를 지키고 앉아 노래를 따라 부르지도 못했지만, 제일 좋아하는 밴드 둘을 한 번에 보다니요.

내 인생은 너무 서툴러.
하루 이틀 사는 것도 아닌데.

이건 방금 콘서트에서 들은 〈비 오는 거리에서 춤

을 추자〉의 가사입니다. 계산해보니 저는 9584일 살았고, 크론병 진단을 받은 지는 2700일이 넘었다는데, 인생이고 질병이고 서투르긴 마찬가지입니다. 서툴다고 느낄 때마다 크론병이 나으면 좋겠다는 생각도 강해지곤 합니다. 하지만 문제는 "치료받을 수 있다면?"이라는 질문 자체가 현실에서는 큰 의미가 없다는 것이겠죠. 불가능하니까요. 완치를 기다리며 지금을 유예하고 싶지 않던 저는 당장에도 할 수 있는 것들을 찾아보려고 했습니다.

그중 하나가 글쓰기였습니다. '대의' 같은 건 둘째 치고 그저 답답하게 살기 싫어서 쓰기 시작한 글들을 어떤 이들은 저항이라 불렀고, 그런 명명은 제게 그 자체로 작은 해방감을 가져다주기 시작했습니다. 그래서 저에게 저항은 사회 변혁과 같은 거창한 의미보다, 아직 불가능한 것을 기다리며 현재를 체념하지 않고 싶은 마음을 드러내는 하나의 실천인 것 같습니다. 물론 그러한 실천은 필연적으로 새로운 세상을 모색할 수밖에 없기도 하지만요.

다울 님도 잘 아시겠지만, 그저 존재하는 것만으로 시공간이 반응하는 게 꼭 유쾌한 일은 아닙니다. 언급하신 추신은 너멀 퓨워Nirmal Puwar의 《공간 침입자》에서 얻은 아이디어입니다. 너멀 퓨워는 공간 침입자들이 '현미경 같은 감시'를 받는다고 말합니다. 영국의 공무원 사회에서 사람들은 여성과 흑인에게 끊임없이 의심의 눈길을 보내고, 그런 중압감 안에서 이들은 실제로 실수를 하게 되곤 합니다.

영국 의회에서 여성과 흑인이 겪는 만큼은 아닐지언정, 사람들과 식사 메뉴를 정하다가 다른 이들이 멈칫하게 되는 순간이라거나, 어떤 이가 "건강이 최고야"라고 말했을 때 모두 제 눈치를 보는 순간이라거나……. 이런 순간들도 어색하고 불편하고 부담스럽습니다. 아프다는 이유로 질병의 특정한 모습이 저를 규정해버릴 때마다 억울함을 떨칠 수가 없어요. 나도, 내 병도 그보다 훨씬 입체적인데!

현재를 체념하지 않겠다는 마음으로 말하고 글을 쓰는 일, "나의 몸이 세상과 불화하는 순간에 대해 말하는 것"으로서의 저항은 그래서 사회에 의해 납작해진 한 사람의 입체성을 복원하는 과정이기도 한 것 같아요.

앞서 언급한 퓨워의 책에는 백인 남성의 몸을 기본 값으로 전제하는 영국 의회에서 여성과 흑인의 몸이 의회에 존재하는 것만으로도 사람들을 당황시키는 '공간 침입자'가 되는 과정이 담겨 있습니다. 윈스턴 처칠

Winston Chuchil은 하원에 여성 의원이 들어왔을 때의 느낌을 남자 화장실에서 무방비 상태로 있을 때 여성이 '쳐들어온' 것에 비유했다는데, 이는 여성이 의회에서 소수자라는 사실과 함께 그들이 존재만으로도 무언가를 위협할 수 있다는 변화의 가능성을 보여주기도 합니다.[1] 마찬가지로 아픈 사람이 자신의 몸을 사회가 허용하지 않는 범위까지 드러내고, '아픈 사람'에 대한 상상력을 넓히는 일은 한편으로 우리를 제한하고 납작하게 누르는 사회를 위협하는 일이기도 하겠지요.

그래서 이는 사회를 바꿀 수 있는 새로운 지식과 정보의 생산으로도 이어질 수 있다고 생각해요. 그것들은 이질감, 거슬림, 의구심과 같은 '노이즈'에서 생기니까요.[2] 건강과 질병의 안팎에서 헤매는 저를 질문하는 공간 침입자로 만든다는 점에서, 질병이야말로 저에게는 정보의 원천이기도 합니다. 이렇게 답장을 쓰다 보니 아픈 이야기를 끈질기게 써야겠다는 생각이 드네요.

그러나 이젠 말하기 입 아프지.
나의 부족한 면을 설명하는 일.
빛나는 별보다, 빛나는 옷보다
비 오는 거리에서 춤을 추자.

서툰 모습을 드러내는 것은 지치는 일이기도 합니다. 서툰 이야기도, 빛나는 이야기도 미뤄두고, 비를 맞으며 춤을 추듯이 무모하고 지저분하게, 즐겁게 날뛰면서 세상과의 불화를 이야기해나갈 수 있다면 어떨까요? 어디선가 읽은 "내가 춤을 출 수 없다면, 나는 당신의 혁명에 함께하지 않을 것이다"라는 문장처럼, 춤추는 듯한 저항이야말로 저항의 목표와 과정이 일치하는 길이 아닐까 생각이 듭니다.

버스에서 내린 곳은 집 앞이 아니라 친구네 집 근처였습니다. 지금은 그 집에서 고양이를 봐주고 있어요. 어쩌다 보니 집주인들이 모두 잠시 집을 비우게 되었거든요. 음악을 틀어두고 고양이에게 간식을 준 뒤 편지를 쓰는 크리스마스이브는 생각보다 즐겁고 평화롭습니다. 캐럴 없이도 평화로운 분위기 자체가 어쩐지 크리스마스와 어울린달까요.

저는 크리스마스 하면 박정민 배우부터 떠오릅니다. 영화 〈사바하〉와 드라마 〈지옥〉을 안 보셨다면 이 편지는 스포일러가 될 수도 있겠는데요. 〈사바하〉에는 '사슴동산'이라는 신흥종교단체가 등장합니다. 그곳의 교주는 늙지도 죽지도 않는 '미륵불'로, 자기가 태어나고 100년 후 자신의 천적이 영월에서 태어난다는 예언에 1999년 영월에서 태어난 여자아이들을 모조리 죽이려했어요. 박정민이 〈사바하〉에서 연기한 '정나한'은 소년원에서 바로 그 미륵불에게 거두어지고, 그의 명령에 따라 여자아이들을 죽인 인물입니다.

그러나 나한은 12월 25일에 미륵불의 천적과 함께 미륵불을 무너뜨리고 죽는 인물이기도 합니다. 천적은 16년 평생을 갇혀 산 자신의 삶을 바쳐서 나한을 통해 간신히 하나의 악행을 끝내고, 그 또한 쓰러져 죽습니다. 흙바닥에 쇠사슬로 묶여 벌레, 뱀, 쥐와 감금된 그의 모습은 혐오감을 일으키는 모든 요소를 모아놓은 것만 같았습니다. 정돈되지 않은 머리, 온몸에 가득한 긴 털, 길고 날카롭고 더러운 손톱, 온통 충혈된 눈, 비참한 울음소리…….

우리는 그런 모습을 혐오하는 것이 정상이라고 배우며 살아갑니다. 하지만 〈사바하〉는 모든 걸 초월한 강력한 존재도, 선하고 깨끗한 약자도 아닌 "더럽고 혐오스러운 괴물"이 우리의 희망이고, 구원이라고 말하는 듯했습니다. 신은 가장 밑바닥에서 처절하게 피 흘리고 죽어가며 진실을 말하는 존재이며, 오히려 우리가 그를 죽이고 있을지도 모른다고 말입니다.

〈지옥〉은 신의 심판, '천사'와 '지옥의 사자'가 모두 현실화될 때 우리 사회에 어떤 일이 벌어질지 그려내는 드라마입니다. 천사는 사람들에게 지옥에 갈 시점을 '고지'하고, 바로 그 시점에 지옥의 사자들이 나타나서 고지 받은 사람을 지옥으로 보내는 '시연'을 합니다. 이때 '새진리회'라는 신흥종교단체는 이 현상을 해석하는 유일한 권위를 얻어서 고지 받은 사람들을 모두 죄인으로 규정하고 낙인찍습니다.

여기에서 박정민은 인큐베이터에 있는 채로 고지를 받은 갓난아이의 아버지 '배영재'로 등장합니다. 태어난 지 며칠 되지도 않은 아기가 죄를 지을 수는 없기에, 이는 새진리회의 권위를 무너뜨릴 수 있는 중요한 사례였죠. 영재와 아이의 어머니인 '소현', 그리고 새진리회에 맞서는 이들은 죄 없는 아이의 시연 장면을 온 세상에 공개하려 합니다. 하지만 그런 대의는 핵심이 아니라는 듯, 영재와 소현은 막을 수 없는 걸 알면서도 시연을 막고자 필사적으로 뛰어듭니다. 지옥의 사자들은 아이를 완전히 감싸 안은 두 사람을 태워 죽였고요. 그런데 정작 고지 받은 아이는 부모의 시체 사이에서 살아남았습니다. 아이는 허름한 공동주택의 눈 내리는 중정에서 포대기에 싸여 누군가에게 안기고, 사람들은 그 뒤를 따랐습니다.

박정민이 연기한 〈사바하〉의 나한과 〈지옥〉의 영재는 죽을 때 그 자신이 빛나지 않습니다. 세계를 구하겠다는 대의를 가지지도 않고, 다만 책임을 지고자 합니다. 자신이 죽인 여자아이들, 갓난아이의 생명에 대해 자신이 질 수 있는 책임을 말입니다. 하지만 나한이 죽인 여자아이들도, 갓난아이 전에 시연당한 이들도 돌아오지 않을 것입니다. 생각해보면 나한과 배영재 모두 애초에 누군가를 구할 수 있으리라는 희망을 품고 있지도 않던 것 같고요.

저에게 크리스마스에 박정민 배우를 떠올리는 것은 자신이 결코 책임질 수 없는 영역을 알기에, 그 어떤 것도 바라지 않은 채 타인의 삶에 연루되고자 한 나한과 영재를 떠올리는 것이기도 합니다. 그래서 저는 크리스마스를 어떤 태도를 되새기는 날로 삼고 싶어졌습니다. 내가 타인을 구원할 수 없다는 사실을 온몸으로 받아들이면서, 그 안에서 내 몫의 책임을 다하고자 하는 태도 말이에요.

공간 침입자로서 춤추듯 아픈 이야기를 하자는 것은 아픈 사람으로서의 책임을 다하자는 의미이기도 합니다. 작년에 연극을 준비하며, 아픔을 증언하는 것이 아픈 사람의 책임이라는 아서 프랭크Arthur W. Frank의 문장을 접했습니다.[3] 저는 그 증언이 타인을 구원할 수 있다고 믿지 않습니다. 하지만 비 오는 거리에서 춤추듯 아픔을 증언하는 일은 분명 다른 이들의 몸도, 나아가 이 사회도 들썩이게 할 것이라고 믿습니다.

답장이 늦어진 만큼 편지는 길어졌네요. 말을 좀 줄여야 하는데······. 그런 의미에서 이번에는 편지를 다소 급하게 마무리해보겠습니다. 춥지만 따뜻한, 맛있는 음료를 곁들인 소중한 기억과 함께하는 크리스마스가 되시길 바랄게요. 즐거운 연말 보내시고 답장은 새해에 주세요. 연말연시에는 조금 더 마음 편하게 쉴 시간이 있으면 좋으니까요.

2021년 12월 24일
자정이 되기 전에 간신히 편지를 마무리한
안희제 드림.

추신: 제가 본 만화의 강력한 주인공들은 확실히 남성이 많았습니다.

이다울

춤을 춘 뒤 근육통으로

일어나지 못할 겁니다

안녕하세요, 희제 님. 보내주신 편지에서 반가운 이름이 있어요. 제 대학교 친구 뜻돌이 말이에요. 제가 살짝 마주한 그의 다채로운 모습이 기억나요. 하지만 함부로 이야기했다가는 뜻돌에게 실례가 될 수 있으니, 가만히 있겠습니다.

〈사바하〉와 〈지옥〉에 관한 이렇게 큰 스포일러라뇨. 용서하지 않겠습니다. 그래도 희제 님의 설명과 해석을 흥미롭게 읽었어요. 희제 님은 정말 강력한 주인공들로부터 큰 힘을 얻으시는군요! 그 의도는 다르지만 〈사바하〉의 천적 캐릭터는 꼭 성경 속 삼손이 떠오를 정도였어요. 털에 관한 모티프, 어딘가에 갇혀 쇠사슬에 묶인 모습, 자살과 함께 적을 무찌르고 영웅이 된다는 점에서요.

어디까지나 편지만 보고 떠오른 감상입니다. 그에

더해 희제 님께서 그들의 모습이 오히려, 그 자신은 빛나지 않고 있다는 설명을 덧붙이고 계시니 영화를 감상하면 다른 생각이 들 수 있을 것 같아요. 그런데 "더럽고 혐오스러운 괴물이 우리의 희망이고, 구원이라고 말하는 듯했다"는 희제 님의 문장은 '우리'와 다른 괴물 Freak을 다소 영웅화하는 것으로 보입니다.

희제 님이 추천해주신 책, 《망명과 자긍심》이 떠오릅니다. 저자 일라이 클레어Eli Clare 님은 퀴어나 크립 Crip(불구)이라는 단어에서는 전복의 가능성을 느끼고 자긍심의 언어로 체화하고 있지만, 프릭*이라는 단어 앞에서는 동요를 일으키지 않습니까? 그리고 프릭 쇼

---

* 사전적 의미로 '기형奇形, 변종變種, 진기한 구경거리, 괴물'로 정의되어온 프릭은 1800년대부터 1900년대까지 주로 장애인, 유색인종, 원주민 등 소위 정상성에서 벗어난 이들을 무대에 세워 돈을 번 프릭 쇼와 역사적 맥락을 같이 한다. 미국의 하층계급에서 태어나 장애인, 성소수자 등 비주류의 정체성을 가진 일라이 클레어는 프릭을 자신이 속한 공동체의 정체성을 일컫는 단어로 삼는 것을 머뭇거리는데, 이는 프릭 쇼에 동원된 일부 사람들이 착취만 당한 것이 아니라 스스로 무대에 올라 적극적으로 비정상성을 연기하거나 관객을 속이기 위해 소유주와 결탁하기도 하는 등 피해와 가해로 단순히 구별할 수 없는 복잡한 양상을 띠기 때문이다.(일라이 클레어, 《망명과 자긍심》, 전혜은·제이 옮김, 현실문화, 2020)

의 역사를 탐구하며 그 동요의 이유를 설명하려 하지요.

　저는 그동안 프릭 쇼에 대해 장애인에 대한 비장애인의 일방적인 착취로만 배워왔습니다. 그런데 클레어 님의 탐구는 프릭 쇼의 역학이 그렇게 단순한 게 아니라고 말하고 있잖아요. 무수히 다른 몸들이 프릭으로 만들어지는 과정, 도대체 누가 누구를 이용하는 건지 정확히 말할 수 없는 상황들, 비장애중심주의와 인종차별주의, 제국주의와 자본주의 등이 프릭 쇼와 맺는 복잡한 관계를 나열하면서요.

　프릭 쇼를, 그리고 프릭으로서 일한 사람들을 피해자나 영웅의 서사로 단순화할 수 없는 것처럼 "더럽고 혐오스러운 괴물"을 "우리의 희망과 구원" 그리고 "크리스마스의 아기 예수"로 단순화할 수 없다고 생각합니다. 위와 같은 말씀은 마치 프릭을 더럽고 혐오스러운 자리에 계속해서 매어놓는 일로 여겨집니다. 어떻게 생각하실까요? 제가 오해한 부분이 있다면 꼭 알려주세요.

　인용하신 뜻돌의 노랫말, 그리고 "내가 춤을 출 수 없다면, 나는 당신의 혁명에 함께하지 않을 것이다."라는 말이 인상적이었습니다. 공간 침입자가 썩 유쾌한 일만은 아니라고 하셨듯이, 비 오는 진창에서 춤을 추는 일 또한 쉬운 일이 아닐 것입니다. 아끼는 스웨터가 엉망이 될 것입니다. 미끄러운 흙바닥에서 뒤로 넘어질 것입니다. 이를 부딪치며 몸을 덜덜 떨 것입니다. 안경에 김이 서리고 빗물이 맺혀 앞이 보이지 않을 것입니다. 발뒤꿈치가 까져 피가 흐를 것입니다. 그렇게 춤을 춘 다음 날에는 근육통으로 자리에서 일어나지 못할 거예요.

그걸 모르시는 것은 결코 아니시겠죠. 그런데도 진창에서 춤을 추고 싶어 하는 희제 님의 열망은 무엇일까요? "가장 밑바닥에서 피 흘리고 죽어가며 진실을 말하는 존재"를 본받고 싶으신 걸까요? 아니면 우리에게 주어진 공간이 오직 진창밖에는 없을지라도, 즐겁게 날뛰고 싶다는 이야기일까요? 후자의 이유라면 《난치의 상상력》이라는, 희제 님의 책 제목이 다시 한 번 떠오릅니다. 그리고 우리가 나눈 첫 번째와 두 번째의 편지도 함께 떠올라요. 몸치인 저는 이를테면 이렇게 바꾸어봅니다. '진창에서 망고 먹기', '진창에서 무사히 할머니 되기.' 희제 님의 경우라면 '진창에서 스쿼시 하기', '진창에서 무사히 (술 좋아하는) 할아버지 되기.'

비유적인 표현으로 춤에 대해 말하셨지만, 실제로 춤추는 걸 좋아하시는지 궁금해요. 팬데믹 이전에는 공연장을 어떻게 즐기셨을지도요. 저는 헤드뱅잉에 약간 소질이 있었는데 지금은 고개를 약간만 끄덕이는 것으

로 만족하고 있습니다. 나중에 보여드릴게요. 희제 님
도 한 개 준비 부탁드려요. 그럼, 안녕히 계세요.

2022년 1월 18일

안희제

불일치에 대하여

하고 싶은 말이 많아지는 편지를 써주셨네요. 다울 님이 오해하신 부분이 있다면 꼭 알려달라고 쓰셨기에, 이번 편지는 평소보다(도 더) 길어질 예정입니다. 기본적으로 제 글에서 오해를 불러일으킨 부분을 짚는데, 그러다 보니 이게 용어 사용의 문제더라고요. 그런데 용어를 정확하게 사용하려면 아무래도 그 의미를 정의하는 과정이 필요해지고, 하지만 이 글이 토론문이나 리포트는 아니기에 덜어내야 하는 부분도 있었습니다. 이런 고민들을 글자로 조율하다 보니 분량이 상당해진 점, 그래서 '편지답지' 못한 점에 대해서도 미리 양해 구할게요.(여전히 설명이 충분치는 않겠지만요.)

예상치 못한 이야기가 많아서 다소 놀라기도 했습니다. 왜냐하면 다울 님이 제 편지를 비판적으로 읽어주실 때 전제된 관점들은 대체로 제가 취한 것과 같거든요. 오히려 제가 말하고자 한 내용이기도 하고요. 무엇보다도 〈지옥〉과 〈사바하〉에서 박정민이 연기한 인물들에게 '강력하다'라는 수식은 참으로 안 어울리기 때문입니다. 게다가 저는 박정민 배우가 귀여워서 좋아하기도 하기 때문에…….

프랑스의 철학자 알랭 바디우Alain Badiou는 보통 '영웅적 행위' 혹은 '영웅적 형상'의 패러다임이 전쟁과 같은 상황 안에서 이해된다고 말합니다. 그는 기존의 영웅적 형상을 크게 전사와 병사로 나눕니다. 전사의 형상은 개인적 영광과 자기 확신, 가시적 우월성을 격상시키며, 승리와 운명, 우월성과 복종을 결합합니다. 인간과 신 사이에 존재하는 그 모습을 바디우는 '귀족적인 형상'이라고 말합니다(아마 이것이 영웅에 관한 통념에 가까울 것입니다). 그리고 이것이 프랑스대혁명을 통해 민주주의적이고 집단적인, 자신의 이름 없이 (국가적이든, 혁명적이든) 이념에 따르는 '무명용사' 같은 병사의 형상으로 대체되었다고도 설명하지요. 병사는 무명이기에 집단과 이념 안에서 불멸의 존재가 됩니다.[1]

저번 편지에서 묘사한 내용에서 드러나듯 영재도 나한도 '괴물'도 통상적인 의미의 '구원'이나 '승리'와 같은 말과 전혀 어울리지 않습니다. 자신의 강함으로 개인적 영광을 얻지도 못했고, 그렇다고 어떤 거대한 이념을 위해 자신을 바쳐서 불멸성을 획득한 사례도 아니니까요. 그럼에도 제가 그들에게서 어떤 가능성을 발견하고자 하는 것은 애초에 제가 바라는 가능성이 거대한 승리와는 거의 무관하기 때문입니다. 이들은 모두 지극히 약한 존재입니다. 바다를 가르는 기적도, 빵 다섯 개와 생선 두 마리로 수많은 사람을 구하는 기적도 일으키지 못했고, 그렇다고 악당을 무찌르고 새 시대를 여는 주역이 되지도 못했습니다. 이들은 영웅보다 패배자에 가깝죠.

바디우는 우리가 이 두 가지의 형상, 즉 전사와 병사의 형상을 넘어 새로운 영웅적 행위의 패러다임을 창조해야 하며, 동시에 "단지 희생이라는 수동적 형식일 뿐인 기독교적 평화주의"로 복귀해서도 안 된다고 말합니다(여기서부터 영웅이라는 말은 이미 전사나 병사의 형상은 넘어선 상태겠습니다).[2] 저는 전사도, 병사도, 수동적인 희생도 아닌 새로운 영웅적 행위의 가능성이 대문자 역사 안에서의 패배, 혹은 패배자에게 있다고 믿습니다. 전에 읽은 "패배자란 패배를 패배로서 받아들이고, 그럼에도 불구하고 계속되는 꿈을 사고하는 자"라는 문장이 영향이 큰 것 같아요.[3]

바로 이 지점에서 아마 오해의 가장 큰 원인이 되었을 구원과 희망이라는 말이 등장합니다. 저는 구원과 희망이라는 단어를 사용하는 저의 방식이 다울 님의 것과 다르다는 느낌을 많이 받습니다. 기본적으로 이는 제가 지난 편지에서 구원 자체를 두 개의 의미로 사용한 것과도 관련이 되겠습니다.

하나는 언급해주신 괴물에 관한 이야기에 등장하는 구원이고, 다른 하나는 "내가 타인을 구원할 수 없다는 사실을 온몸으로 받아들이면서 그 안에서 내 몫의 책임을 다하고자 하는 태도"와 같은 부분에 나오는 구원입니다. 이 둘을 각각 '구원1' '구원2'라고 해봅시다. 다울 님이 이해하는 구원은 아마 구원2에 가까워 보이고, 이는 구원을 거대하고 강력한 존재, 즉 영웅이 약한 존재들에게 건네는 무엇으로 정의하는 통상적인 방식입니다. 이때는 당연히 구원도 희망도 아주 단순한, 지극히 개인화된 의미를 지닐 겁니다. 하지만 저는 영웅이 주체가 되는 구원을 믿지 않으며, 이는 방금 인용한 문장과 지난 편지의 전체적인 논조에서도 드러나지요.

위인전 따위로 기록되는 영웅들은 피바다 위에 고고하게 서 있는 경우가 많습니다. 형제복지원의 문제*를 다룬 책《살아남은 아이》의 발문은 형제복지원 피해자들이 "한국의 진보세력에게 미학적인 쾌락을 제공하기에 '부족'했던" 이들로서 '헐벗고 남루하고 억울할지 언정' 열사의 미학이 없어서 진보 세력의 역사에서조차 외면당했다고 말합니다.[4] 으레 말하는 열사나 영웅이란, 모두가 기억하는 역사의 표면에 (개인으로서든 '국민'으로서든) 흔적을 남기는 사람이니까요.

다울 님은 "괴물을 구원과 희망, 크리스마스의 아기 예수로 단순화할 수 없다"라고 말씀하셨는데, 여기에는 구원, 희망, 아기 예수의 탄생이 단순하다는 전제가 있습니다. 그런데 이것들은 저에게 너무도 복잡한 개념이기에 저는 동의할 수가 없었습니다. 앞서 언급한 두 작품이 바로 그러한 전제에 질문을 던지기도 하고요.

우리는 크리스마스를 '예수님 오신 날' 정도로 이야

---

* 1975년부터 1987년까지 홈리스, 장애인, (가족이 없다고 추정되는) 아동 및 청소년 등을 돌본다는 명목으로 설립된 형제복지원에서 국가의 적극적인 방조와 협력 아래 자행된 학대와 강간, 폭력 등의 인권 유린을 말한다. 알려진 피해자 수만 500여 명이 넘고, 실제로는 이보다 많을 것으로 추정된다. 이는 하나의 사건을 넘어, 전국 부랑인 수용 시설, 나아가 사회복지법인들이 참고하는 하나의 '수익 모델'이 되었다. 자세한 내용은 서울대학교 사회학과 형제복지원 연구팀의 《절멸과 갱생 사이》(서울대학교출판문화원, 2021)를 참고하라.

기하며 축하하지만, 두 작품이 보여주는 것은 사실 아기 예수가 오기까지 피를 흘리고 죽어간 이들의 생이기 때문입니다(〈사바하〉에는 관련된 성경 구절이 직접 언급되기까지 합니다). 제가 언급한 인물들은 거의 다 죽는데, 그것은 대단히 영광스러운 죽음도 아니며, 거대한 이념이나 종교적 신념을 따르는 것도 아니었습니다. 오히려 낡은 영웅적 형상인 "종교적 희생과 피비린내 나는 광신주의"[5]에 반하는 것이었지요.

저는 〈사바하〉와 〈지옥〉이 분명 구원과 희망을 말하고 있다고 생각합니다. 다만 그때의 구원과 희망은 우리가 평소에 이야기하는 것과는 조금 다릅니다. 혹시 작년, 그러니까 2021년 4월 20일을 기억하시나요? 저는 그날 《비마이너》의 객원기자로 장애인차별철폐의 날에 장애인과 활동가 등이 벌인 투쟁을 취재하러 세종특별시에 갔고,[6] 저희가 마주치지는 못했지만 다울 님도 집회 현장을 통과하면서 사람들을 많이 보았다고 말씀해주셨어요. 제가 생각하기에 두 작품에 담긴 구원과 희망은 제가 이런 현장에서 목격하는 것과 비슷합니다. 구원2가 아닌, 구원1로서의 구원이요.

사회에 의해 무능하고 무력하다고 규정되면 실제로 그런 사람이 되어 갑니다. 장애인을 보호의 대상으로 규정하여 시설에 수용하면, 시설은 장애인의 자유를 박탈하고, 온갖 일상적 통제와 억압을 통해 장애인을 그 어떤 친밀성도 스스로 형성할 수 없는 존재로 만들어냅니다. 사회적 배제와 혐오가 만들어낸 편견은 여기서 현실이 됩니다. 때로 우린 정말 무능하고, 무력하고, 혐오스러운 존재가 되어버리니까요.

하지만 그날의 세종특별시뿐 아니라 장애인들이 거리로 나와 "죽이지 말라", "함께 살고 싶다"라고 외칠 때, 우리는 서로를 구원하는 존재가 됩니다. 구원이란 모든 문제가 일거에 해결되는 데우스 엑스 마키나 같은 것이 아닙니다. 실상 그런 건 존재하지도 않기에, 그런 개념으로서의 구원, 즉 구원2는 무의미하다고 생각해요. 우리에게 가능한 유일한 구원은 우리를 혐오스럽다고 규정하는 세계에 맞서 서로를 존엄하게 대하는 것, 그럼으로써 실제로 존엄한 존재가 되어가는 구원1이 아닐까요?

최근 읽고 있는 《유언을 만난 세계》는 보편의 역사가 외면하는, 앞서 언급한 형제복지원 피해자들처럼 진보세력조차 외면한 죽음들을 '장애해방열사'로 호명합니다. 이 책의 기획의 말, 〈시대의 악령들을 애도하며〉는 다음과 같은 말로 시작합니다.

이 책은 영웅들의 이야기가 아니다. '우리들'의 이야기다. 아니, 어쩌면 '우리들'의 얼굴을 닮았지만, 실은 '우리' 바깥으로 내몰린 사람들의 이야기인지도 모르겠다.[7]

제가 〈사바하〉 속의 '괴물'로부터 구원과 희망을 보는 데에는 이런 맥락, 즉 제대로 애도될 기회를 얻지 못하고 역사에 의해 삭제된 '시대의 악령'들이 남긴 말과 질문들로 새 세상을 만들고자 하는 맥락이 있습니다. '우리'란 지극히 유동적인 개념이지만, 여기서 구원의 주체는 빛나게 살아남는 존재가 아니라, 지금도 지저분하게 죽어가는 우리 모두니까요. 이는 "프릭을 더럽고 혐오스러운 자리에 계속해서 매어놓는 일"과는 오히려 정반대로, 숨죽여야 마땅하다고 여겨지는 "차별받은 존재가 저항하는 존재가 되는 일"[8]에 가깝습니다.

미국의 저명한 작가이자 활동가인 리베카 솔닛 Rebecca Solnit은 희망이 무엇인지보다도, 희망이 무엇이 아닌지 말하는 게 중요하다고 말합니다. 우리는 명백히 고통과 파괴, 혹은 그것의 잔해에서 살아가는데, 희망이 단지 모든 일이 잘될 것이라는 근거 없는 믿음은 아닐 것입니다. 솔닛은 자신이 생각하는 희망에 대해 이렇게 말합니다.

내가 관심을 갖는 희망은 구체적 가능성과 결합된 넓은 전망, 우리에게 행동하라고 권유하거나 요청하는 전망이다 (…) 희망은 우리가 하는 일이 (언제 어떻게, 누구와 무엇에 영향을 미칠지는 미리 알 수 없다 해도) 중요하다는 믿음이다. [9]

이런 의미에서 희망은 어떤 완료된 것 혹은 주어지는 것이 아니라, 우리가 만들어가는 것이자 동시에 우리가 만들어가고자 하는 게 무엇인지 알아가는 것이기도 합니다. 희망은 갖거나 품는 것이 아닌, 부단히 실천함으로써만 지탱할 수 있는 어떤 존엄일지도 모르겠습니다. 그리고 저는 이런 의미에서의 희망만이 우리를 무력하게 만드는 현실을 실제로 바꾸어나갈 수 있다고 믿습니다.

비 오는 진창에서 뛰는 일도 어쩌면 이와 비슷할지 모릅니다. 실컷 뛰고 나면 저는 아마 감기에 아주 심하게 걸릴 겁니다. 그리고 저는 감기가 한번 걸리면 최소 한 달에서 때로는 세 달까지도 가기 때문에 지독하게도 고통스럽겠지요. 그럼에도 이런 일을 비유적으로나마 꿈꾸는 것은 때로 질병이, 혹은 이 사회가 저를 방에만 갇혀 있기를 바라는 것 같다는 생각에 억울해지기 때문입니다. 마치 궤양성 대장염과 함께 살아가는 작가가 출혈이 생길 걸 알면서도 병실에서 '무모하게' 낫토를 먹은 아저씨를 동경하는 것처럼 말입니다.[10]

자주는 못하겠지만, 위험하고 지저분한 어떤 경계를 넘는 일은 저 자신의 존재를 그만큼 넓히는 일로 느껴집니다. 물론 우리에게 병원도, 약도, 치료도, 안락한 이불도 필요하지만, 그 바깥의 선택지, 그러니까 위험하고 지저분한 무언가에 대한 가능성을 우리는 욕망하곤 하니까요. 그런 맥락에서 '진창에서 스쿼시 치기'는 저 자신을 존엄하게 대하고, 희망을 놓지 않고자 하는 발버둥일지도요.

일라이 클레어를 언급해주셔서 반가웠습니다. 《망명과 자긍심》은 제가 가장 좋아하는 책을 꼽으라면 반드시 유력 후보로 포함되니까요. 말씀해주셨듯 그 책의 추천사에는 클레어가 복잡한 것을 복잡하게 이해하길 요구한다고 적혀 있습니다. '부인 전략'이란 폭력과 학대가 동성애를 유발한다는 식의 편견에 맞서고자 퀴어 정체성이 폭력이나 학대와는 전혀 무관하다고 주장하는 것인데요. 클레어는 이 전략이 우리 몸에 폭력과 수치심이 깊숙이 얽혀 있을 가능성을 기각하면서 "어떻게 우리 몸이 도둑맞는가에 관한 지저분한 현실 앞에서 문

을 쾅 닫아버리는" 것이라고 지적합니다.[11]

　　이는 퀴어 정체성만이 아니라, 사회적 배제의 대상이 되는 다른 정체성들에도 적용될 수 있습니다. 이를테면 다울 님과 제가 함께 계속 이야기해온 질병 또한 그렇지요. 질병은 명백히 자주 수치심을 안겨줍니다. 우리는 실제로 우리가 경험하는 고통과 수치심, 사회뿐 아니라 스스로도 혐오스럽다고 느끼는 무언가를 생략하고 질병을 말할 수 없습니다. 실재하는 고통, 더러움, 진창 같은 일상을 직시하고 그것을 우리의 이야기에 통합해내는 일이 필요하고, '괴물'의 혐오스러운 모습에서 어떤 가능성을 발견해내고자 애쓰는 것 또한 이런 맥락이었습니다.

　　이번 편지는 아마 제가 드린 편지들을 통틀어 가장 힘들여 쓴 것 같아요. 그 근저에는 아쉬움이 있었습니다. 이는 하나의 글에서 제 생각을 충분히 설명하지 못한 저 자신에 대한 아쉬움이기도 하지만, 솔직히 말씀드리자면 다울 님이 제가 하고자 하는 이야기를 지난 편지와 그 이전에 나눈 이야기들의 맥락 안에서 이해하시기보다, 미리 갖고 계시던 특정한 기준들에 따라 저와 저의 글을 빠르게 평가하고 재단한 것처럼 느껴졌다는 아쉬움이기도 합니다.

물론 구원과 희망이라는 단어는 오해를 불러일으킬 수 있는 여지가 있습니다. 하지만 모든 말은 언제나 어떤 맥락에 어떻게 배치되느냐에 따라 다른 의미를 가진다는 사실에 다울 님도 동의하시리라 생각해요. 사랑은 "그 사람과 함께 세계에 맞서는 일"[12]이라고 적은 문장을 떠올려보면, 이곳에서의 구원과 희망은 그런 의미에서의 '사랑'과 비슷할 수도 있겠습니다. 그러니 사실 단어 자체가 핵심은 아닐 수 있습니다. 오히려 구원과 희망이라는 단어의 사용이 그 단어들에 대한 통념을 뒤집을 수도 있지 않을까요?

　　그런 점에서 저는 다울 님의 마지막 편지에서 제 이야기를 헤아리려는 시도를 느끼지 못한 것 같습니다. 영화를 보면 자신의 생각이 달라질 수도 있다고 말씀하시면서도, 지난 편지에 대한 전체적인 언급은 거의 없이 괴물에 관한 제 문장 하나를 인용하신 후 구원과 희망이라는 단어에 대한 통념, 그리고 〈사바하〉에 등장하는 괴물과는 다소 다른 역사를 가진 프릭에 대한 이야기로 빠르게 넘어가신 대목에서 특히 그렇게 느낍니다. 단어의 사용은 물론 중요한 문제지만, 이전의 편지들에서처럼 그것이 어떤 이유로 어떤 맥락에서 등장했는지 조금 더 살펴주셨다면 좋았겠다는 아쉬움이 남습니다.

애초에 단어를 제대로 정의하지 않고 이중적으로 사용한 제 불찰이기도 하지만요.

이번 편지를 쓰면서 고민이 많았습니다. 원래 일상적인 대화에서도 저는 제가 읽은 것들을 자주 인용하지만, 편지에서는 조금 덜 인용하려고 좀 더 노력해왔습니다(나름대로 노력은 해보았으나 결과는……). 편지는 상대와 나의 대화, 그 안에 담긴 서로의 삶이 중심이 되는 글이어야 한다고 생각했기 때문이에요.

하지만 이번 글은 편지라는 형태 안에서 가능한 한 정확하게 써보려 노력해야만 했다는 점을 이해해 주시길 바랄게요. 저희의 불일치를 어떻게든 정확하게 기술하고 이해해보고 싶었거든요. 여유가 있다면, 이런 불일치가 생긴 이유를 조금 더 알아가고 싶기도 하고요. 다른 것보다도 용어 사용에서의 오해가 생기면, 그건 정확하게 다시 이야기하지 않는 이상 대화가 이어지기 힘든 지점이기도 하니까요.

아 참, 저는 춤을 사실상 한 번도 제대로 춰본 적이 없습니다. 얼마 전에 친구가 만취해서 유튜브로 케이팝 뮤직비디오를 틀어놓고 제가 거기에 맞춰 추게 강요한 적은 있는데, 참 난감하더군요(친구는 기억도 안 난다고 합니다). 팬데믹 이전에는 슬램을 가장 좋아했습니다. 콘서트나 페스티벌에 가면 꼭 '달리는' 곡이 밴드마다 한두 개는 나오는데, 그때마다 사람들이 슬슬 원을 만들어서 클라이맥스가 시작되면 마구 그 안으로 달려가 부딪히는 감각이 너무 좋았거든요. 아마 이제는 하라고 해도 못할 것 같아서 아쉽지만요.

편지란 무엇일까요? 저에게 이는 대화란 무엇인지 묻는 것만큼 어찌 보면 자명하고, 어찌 보면 도무지 답하기 어려운 무엇인 듯합니다. 저는 때로 제 이야기만 하고, 때로는 다울 님의 이야기를 이해하려 안간힘을 쓰고, 때로는 해명을 늘어놓거나 딴 이야기로 도망치기도 했습니다. 편지라는 형식이 재미있는 건 이런 과정들이 상당히 명시적으로 드러나기 때문인가 싶어요. 혼자 글을 쓸 때는 저의 부족한 점을 그래도 많이 감출 수 있는데, 편지는 그런 점에서 더 솔직하고 날것의 글일지도요.

기획대로 이번 편지는 정말 우리의 마지막 편지가 될까요? 어쩌면 우리는 며칠 뒤에 "○○님께 드리는 마지막 편지_최종"과 "○○님께 드리는 마지막 편지_진짜 최종" 같은 것을 쓰고 있지는 않을까요? 이전에 나눈 이야기처럼, 이 편지의 종착지는 정해져 있지 않고, 한편으로는 그래서 지금 마지막 편지를 맡은 게 꽤나 부담스럽기도 합니다(첫 편지는 얼마나 부담스러우셨을까요).

하지만 이 편지가 끝난다고 해서 제가 다울 님의 글을 못 읽는 게 아니라는 건 마음이 놓입니다. 서로의 첫 독자는 아니겠지만, 편지를 나누기 전처럼 이따금씩 우리는 서로의 글을 접하곤 할 테니까요. 다음에 우리는 어디서 어떤 글로 만날까요?

날씨가 많이 춥습니다. 감기에 걸리기 싫다고 옷을 다섯 겹씩 입고도 핫팩을 따로 챙기는 나날입니다. 이번 겨울 무사히 살아내고 따뜻한 때 만나요. 그때까지 숙면의 신이 함께하길 바랍니다.

2022년 1월 22일

추신: 아, 이번 편지는 인용한 책들 때문에 주로 제 방에서 썼습니다. 그래도 식탁에서 마무리하고 있으니 용서해주세요. 스포일러는 용서 안 해주시더라도 이해합니다.

우리가 최애 캐릭터만

다르겠습니까!

안녕하세요, 희제 님. 먼저 사과를 드리고 싶습니다. 이번 저의 답장이 희제 님의 문장을 빠르게 평가하고 재단한 것처럼 느껴지셨다니 정말 죄송해요. 저로서 변명을 드리자면, 희제 님의 편지를 정말 여러 번 읽고 오랜 번민 끝에 보낸 답장이라는 것입니다. 그렇게 오래 읽고, 그만큼 답장도 늦게 보내놓고 희제 님의 의도를 완전히 파악 못한 저를 부디 용서해주세요. 〈지옥〉은 못 보았지만 〈사바하〉는 열심히 보고 왔어요. 하지만 저는 이 편지 기획에서 일종의 '어그로꾼*' 역할을 하고 싶었는데, 어쩐지 성공한 것 같아 조금 기쁘다면 너무 짓궂나요.

　　저는 〈지옥〉의 영재와 〈사바하〉의 나한과 미륵불

---

*　　'aggressive(공격적인)'이라는 영어에 접미사 '-꾼'을 붙여 만든 신조어로, 상대를 도발하거나 논쟁을 유발하는 사람을 말한다.

의 천적 캐릭터에 대해 더 자세히 듣고 싶었어요. 혹은 아기 예수가 오기 전까지 피를 흘린 사람들에 대해서요. 주인공이 누군가를 구원하고자 하는 자의식이 없다는 점에 대해 강조하신 것을 압니다. 다만 나한과 천적이 미륵불을 무찌르고 그 자신도 죽는 것과, 영재와 소현이 필사적으로 시연을 막고자 하는 모습이, 자기희생의 모습으로 비추어졌고 그것은 제게 예수님을 떠올리게 했어요.

이는 아마 희제 님이 언급하신 기독교적 평화주의에 속하겠지요. 따라서 편지 각각의 단락은 제 머릿속 영화 연출에서 모순되고 대립되었습니다. 특히 희망이나 구원이란 표현은 기독교적 의미와 떨어트려 생각하기 어려웠어요. 희제 님 말씀대로 기존의 언어 체계를 고스란히 받아들인 탓일까요? 하지만 뒤이은 문장에서 신을 언급하고 계셔서 더 그렇게 느낀 것 같아요.

영화 〈사바하〉를 보고 나니 천적에 대한 인상이 완전히 뒤바뀌었습니다. 삼손과는 완전히 달랐죠. 제게 아주 적은 정보만 주어졌을 때에는, 알고 지내는 이미지만을 쉽게 투영한다는 생각이 들었어요. 앞으로는 직접 보기 전까지 나불대지 않기로 다짐하겠습니다. 말씀하신대로 정나한 캐릭터는 전사나 병사로 보이지 않았습니다. 제가 글만 보고 예상한 자기희생과도 거리가 멀었고요. 하지만 희제 님께서 왜 하필 나한 캐릭터에 이입하셨는지는 잘 이해하지 못했습니다. 저로서는 나한도 천적도 극을 이끌어나가기 위한, 도구적인 캐릭터로 느껴졌거든요. 저의 눈길을 가장 많이 끌었던 분은 요셉을 연기한 배우 이다윗 님이셨습니다. 희제 님과 생김이 정말 닮으셨더군요! 그런 말씀 못 들어보셨나요? 원래 좋아하던 배우님이었는데 새삼 놀랐습니다.

제가 지난 편지에서 희제 님의 한 문장에 제동을 건 것은 은유적 표현의 모호함 탓인 것 같아요. 은유적 표현은 오해를 부르기에 참 적합하다고 여겨져요. 우리가 이야기하는 질병은 오랜 역사 속에서, 은유로부터 자유롭지 못한 것 같고요. 저희가 함께 비판적 시각을 가지는 완치의 신화나 무조건적인 극복의 서사 속에도 은유가 빼곡하지요. 예를 들어 '침입'과 '공격'을 일삼는 질병에 대응해, 우리는 '싸우고' '방어'하고 '승리'하거나 '패'합니다. 마치 전쟁이나 스포츠에서처럼요. 〈마지막 잎새〉의 존시처럼 폐병에 걸린, 정확히 말하자면 결핵에 걸린 19세기 유럽의 사람들은 '천사'나 '타락한 자'라는 다소 상반된 은유로부터 자유롭지 못했죠.

"더럽고 혐오스런 괴물이 우리의 구원이자 희망"이

라는 문장에서 저는 왜 멈칫한 걸까요? 그 문장이 어떤 대상에 대한 추상적인 은유로 들렸기 때문입니다. 그리고 희제 님이 그간 보내주신 편지를 통해 제가 추측한 그 대상은 한국의 전통 요괴와는 달랐습니다. 희제 님이 묘사하신 혐오스러운, 갇혀 있는, 불구인 괴물의 몸은 한국에서 사용하는 단어 괴물과 그 역사가 상이한 프릭이란 단어를 떠올리게 했습니다.

물론 희제 님께서는, 그러한 언어로 차별받는 몸들의 전복적 가능성을 암시하고 계신 것으로 압니다. 다만 단순한 은유는 다소 낭만적으로 들리기에 쉽고 복잡성을 간과하며 선입견을 재생산할 수 있다고 생각했어요. 제가 〈사바하〉 속 천적에 대한 몇 가지 키워드만 듣고선 삼손을 떠올린 것처럼요. 만약 괴물을 자긍심과 가능성의 언어로 채택하려 한다면, "그들 괴물이 우리의 희망이다"라는 대상화된 언어를 벗어나 "나는 괴물이다" 혹은 "우리는 괴물이다"와 같이 스스로 선언해야 하는 것은 아닐까요? 프릭이나 불구, 병신, 잡년, 퀴어와 같은 단어들이 그래온 것처럼요. 혹시 희제 님의 '우리'에 대한 설명을, 그러한 시도로 보아도 될까요? 그렇다면 그 채택의 과정은 분명 다양한 불일치로 가득하겠지요. 폭력성이 켜켜이 쌓인 언어들은, 말씀대로 강력한 수치심을 안겨주니까요. 그렇기에 복수의 해석과 경험이 모이고 부딪히는 일은 필수적일 것입니다.

희제 님께서는 이번 편지에 '불일치'라는 제목을 붙여 보내주셨지요. 경고장이 날아온 것 같아 조금 따끔했습니다. 하지만 중요한 단어라고 생각했어요. 저는 아무래도 불일치를 고대해온 것 같거든요. 저희가 용어에 대한 이해와 최애 캐릭터만 다르겠습니까! 아무리 만성질환자라는 공통분모를 가졌다지만 말입니다. 제가 저항하고 싶은 것은 아픈 사람들을 그저 한 카테고리로만 묶는 것입니다.

편지란 무엇인지 물으셨죠. 그게 무엇인지 잘은 몰라도 이번 기회에 큰 매력을 느끼게 되었어요. 서로가 불일치로 혼란스러울 때조차 우리는 오랜 편지 쓰기의 관습 탓에, 다정히 안부를 묻고 날씨를 말하며 작은 애정을 나누게 됩니다. 그러니 이번에도 역시 날씨 이야기와 함께 안부를 묻습니다. 추위가 조금 누그러졌어요. 건강은 어떠신가요? 다음 편지는 어디서 쓰실지 궁금해요. 희제 님께도 부디 숙면의 신이 함께하시길 빕니다. 그럼, 안녕히 계세요.

2022년 1월 27일

안희제

병신, 게으름뱅이, 꾀병 같은

말을 들으면서도

저는 지금 용산경찰서 앞의 한 카페에서 편지를 쓰기 시작했어요. 따뜻한 석류레몬차를 주문하고 기다리는 중이에요. 코로나19 확산세가 무서워서 저희 집이나 친구네 집 외에서 노트북을 열어본 건 꽤나 오랜만입니다.

저번의 제 편지가 마지막이 아니어서 다행입니다. 써주신 편지를 읽고서 비로소 지난번 저희의 불일치가 좀 더 이해되었어요. 타인에게 섣부르다고 말했으면서, 다시 읽어보니 저 또한 섣부르게 판단한 지점들이 여럿 보여서 민망하기도 합니다.

제가 〈사바하〉 속 천적을 괴물이라고 바꾸어 쓴 문장들에 대해서 다울 님은 괴물이라는 은유와 '그들'이라는 호칭의 문제를 제기해주셨습니다. 이전에 제가 쓴 편지를 다시 읽으며 곰곰이 생각했습니다. 저는 천적이 극 안에서 어떤 역할을 하고 있는지, 그것이 우리에게 어떤 의미일 수 있는지에 대해서는 '복잡하게' 이해하려고 애썼으면서, 정작 괴물이라는 단어 자체에 대해, 그리고 괴물을 그들이라고 지칭하는 것에 대해 깊이 고민하지 않은 듯합니다.

특히 호칭의 문제는 기본적으로 영화를 보고 이야기한다는 상황의 영향이 있었을 겁니다. 우리는 영화 속의 등장인물을 '그/그들'이나 인물의 이름과 같은 3인칭의 형태로 부를 수밖에 없으니까요. 영화에 대해 이야기할 때, 우리는 그들과 직접 대화할 수 없는 상태로 그들을 이해하려 안간힘을 쓰게 됩니다. 그러다 보면 다울 님과 저의 대화에서 드러나듯 다양한 불일치가 생기게 되고요.

저는 이것이 영화라는 맥락 너머에서도 아주 중요한 지점이라고 생각합니다. 내가 결코 될 수 없는 무엇을 이해하려고, 심지어는 내가 말조차 건넬 수 없는 무엇을 이해하려고 분투하는 일이요.

만약 '괴물'을 자긍심과 가능성의 언어로 채택하려 한다면, "그들 괴물이 우리의 희망이다"라는 대상화된 언어를 벗어나 "나는 괴물이다" 혹은 "우리는 괴물이다"와 같이 스스로 선언해야 하는 것은 아닐까요? 프릭이나 불구, 병신, 잡년, 퀴어와 같은 단어들이 그래온 것처럼요.

다울 님의 말씀은 수많은 사례를 볼 때 분명 타당합니다. 다만 저는 여기서 "자긍심과 가능성의 언어"라는 부분을 분리하고 싶습니다. '자긍심'은 스스로 가지고자 결단하는 것이기에 당연히 스스로 선언해야 하겠지만, '가능성'은 그와 다른 층위의 이야기이기 때문이에요. 이를테면 우리가 원하든 원치 않든, 우리의 질병 경험은 사회적 모순을 드러내고, 더 나은 세상을 만들 가능성을 갖고 있습니다. '병신', '게으름뱅이', '꾀병' 같은 말들을 들으면서도 우리가 글을 써온 데에는 그런 이유가 있을 거라고 생각해요.

괴물과 같은 단어들의 배경에는, 우리가 그것을 어떻게 채택하느냐와 무관하게, 세계를 더 나은 곳으로 만들 가능성이 이미 있습니다. 중요한 것은 그 가능성을 어떻게 실현하느냐의 문제겠지요. 자긍심은 이를 실현하는 방법 중 하나일 겁니다. 그리고 저는 가능성의 실현을 특정한 단어와 결부되는 자긍심에 묶어놓고 싶지 않습니다. 당사자가 직접 말하기만을 기다리는 것은 비당사자에게 더욱 안전한 길이기 때문입니다. 당사자만이 제대로 말할 수 있기에 당사자만이 말할 수 있다면,

말할 책임도, 그 말에 대한 책임도 모두 당사자의 것이 되고 마니까요.[1] 비당사자는 자연스레 자리를 피할 수 있게 됩니다. 당사자주의가 오히려 차별을 사회 전체의 문제가 아닌 특정한 집단이나 이름에 국한시킨다는 지적이 나오는 이유가 여기에 있지 않을까요? 애초에 당사자가 누구냐는 물음도 가능하고요. 무엇보다도 차별의 문제는 온 사회가 함께 고민해야 하는 것이니까요.

앞서 제가 용산경찰서 앞의 카페에서 이 편지를 쓰기 시작했다고 말씀드렸죠. 오늘은 제가 지난 8월부터 편집위원으로 발을 걸치고 있는 《홈리스뉴스》의 실무 교육이 있어서, 활동가분을 기다리는 중이었습니다. 용산경찰서 근처의 골목을 따라 조금 들어가면 반빈곤운동 단체들이 모인 '아랫마을'이라는 건물이 있거든요.

처음에는 이곳에 전공 강의의 일환으로 홈리스야학의 현장 연구를 수행하러 갔습니다. 그때 저에게 가장 중요하고 어려웠던 것은 참여관찰이라는 방법론의 이름에서부터 드러나듯 자신을 현장에 동일시하지도, 동시에 현장을 타자화하지도 않으려고 노력하는 일이었습니다. 달리 말하면 나 자신을 쉽게 '우리'에 포함시키지도, 현장의 사람들을 쉽게 '그들'로 고정해두지도 않는 일이겠지요. 의도적으로 애매한 위치를 유지하기란 편하지만은 않은 일이었습니다.

　연구는 끝났지만, '우리/그들'의 문제는 여전히 끝나지 않았습니다. "지붕 아래 사는 사람"인 저는 홈리스 당사자가 아니고, 주로 질병을 다루는《비마이너》의 객원기자로 탈시설 집회 현장에 나가거나 탈가정 청소년 필자의 글을 편집할 때도 저는 대체로 당사자일 수 없었습니다. 그러나 제가 그 문제 혹은 현장의 당사자가 아니라는 것이 한계이기만 하지는 않습니다.

　다큐멘터리 〈크립 캠프Crip Camp〉는 1950년대에 시작된 캠프 제네드Camp Jened의 이야기 중 특히 1971년과 그 이후를 다룹니다. 장애아동의 부모들이 돈을 모아서 시작한 이 캠프는 청년 장애인들을 위한 캠프로, 비장애인 대학생들이 주로 지도교사로 활동했다고 해요. 지원 제도가 충분하지 않아서, 학교에 갈 수 없어서, 계단이 너무 많아서 세상에 나올 수 없던 이들은 이 캠프에 참가하면서 자신이 먹고 싶은 걸 먹을 수 있고, 수영장에서 놀 수 있고, 담배를 피우며 사람들과 함께 노래할 수도 있다는 사실을 처음으로 깨닫습니다.

　우리는 캠프에서 우리 삶이 나아질 수 있다는 걸 보았어요. 그러니까 사실은, 어떤 게 존재하는지 알아야 얻기 위해 노력할 수 있는 거예요.

이는 비장애인 교사들과 장애인 참가자들이 함께 했기 때문에 가능한 변화였습니다. 방금 인용한 어느 참가자의 말은 당사자가 아니라고 생각되는 이들이 무엇을 할 수 있는지 보여줍니다. 이 경우에는 어떤 실천과 변화 들이 있다면 장애인도 존엄한 인간으로 살 수 있다는 사실을 알게 해주는 것이었습니다. 저는 바로 그러한 관계들 안에서 비로소 비장애인들 또한 존엄이라는 것이 어떻게 구성되는지 이해하게 되었을 것이라고 생각해요. 여기서 결국 교사들과 참가자들의 세계관은 완전히 바뀌고, 이들은 캠프 바깥에서 함께 세상을 바꾸어 나갔습니다.

홈리스야학을 연구할 때 인터뷰에 응해주신 학생분들은 대부분 야학에 처음 오게 된 계기가 활동가들이었다고 했습니다. 시설 입소와 민간 취업이 아니라 평등과 권리를 요구하며 사회를 함께 바꿀 수 있다는 가능성을 알게 된 건, 홈리스들이 함께 모여서 새로운 사회를 만들 수 있다고 믿으며 그들에게 다가온 활동가들이 있었기 때문인 거죠. 야학 이전에도 홈리스 당사자들이 변화를 위해 움직인 역사가 있고, 이런 실천들에서 사람들은 어떤 가능성을 발견했을 겁니다. 그렇게 함께하게 된 공간은 홈리스들이 자신의 권리를 주장하는 방법을 알아가고, 시답잖은 농담을 주고받다가 다투기도 하고, 문제가 생기면 자리를 만들어 논의를 시도하며, 함께 밥을 차려 먹는 하나의 '마을'이 됩니다.

제가 생각하는 변화는 어떤 이름을 공유하는 사람들 안에서만 일어나는 것이 아니라, 그들과 그들을 찾아간 이들 사이에서, 혹은 우리와 우리를 찾아온 이들 사이에서 일어나는 것입니다. 〈사바하〉에서도 변화는 정나한이나 천적이 혼자 이루어내지 않고, 그 둘의 연결 안에서 비로소 시작되니까요. 아픈 사람, 그리고 여기서 하나하나 밝히지는 않을 어떤 이름들 안에서 저는 일면 '괴물'일 것이고, 그런 이름들 안에서 제가 해야 할 일을 하고 나면 남는 일은 다른 이들과의 연결입니다. 그렇게 연결될 때, 우리/그들, (비)당사자와 같은 언어들보다 중요한 건 "무엇을 함께할 수 있는가"라는 구체적인 실천들인 듯합니다.

많이 돌아왔는데, 제가 앞에서 "내가 결코 될 수 없는 무엇을 이해하려고, 심지어는 내가 말조차 건넬 수 없는 무엇을 이해하려고 분투하는 일"이라고 언급한 것은 이런 맥락이었습니다. 아무리 '우리'를 넓혀도 '그들'은 언제나 남아 있고, 앞서 언급한 다양한 사례들에서도 함께하는 이들이 영영 이해할 수 없는 지점들은 존재하니까요. 내가 아무리 노력해도 이해할 수 없고 닿을 수 없는 무엇이 존재한다는 것을 알면서도, 그것을 어떻게든 이해하려고, 그것과 적극적으로 연루되려고 분투하는 일이 필요하다는 말을 하고 싶었어요. 설령 이해하는 데 결국 실패하더라도 말입니다. 존중 혹은 존엄이란 바로 그런 과정 안에서 생기는 것일 테니까요.

그 과정에서 의도치 않은 어떤 대상화들, 이를테면 다울 님이 제게 지적해주신 것과 같은 표현들이 등장할지도 모르겠습니다. 문제가 생긴다면 마땅히 비판받아야겠지만, 저는 그런 위험을 감수하더라도 나서서 움직이고, 거기서 발생하는 문제들에 대한 책임을 지는 것이 연결되고자 하는 소위 '비당사자'의 몫이라고 생각합니다(물론 한 영역에서의 비당사자는 다른 영역에서 당사자가 되기도 합니다). 그래서인지 저는 항상 이쪽도 저쪽도 아닌 애매한 곳에서, 이 문제의 당사자는 아닌 것 같은데 근방에서 기웃거리거나 헤매는 사람들에게 이입하게 됩니다. 저부터 종종 그렇게 애매한 곳에서 헤매곤 하니까요. 헤매면서 실천은 잘 못하기에, 그런 혼란

안에서도 해야 할 일을 해내는 사람들처럼 되고 싶다고 생각하곤 합니다. 제가 하필 나한 캐릭터에게 이입한 이유는 여기 있을지도요.

말씀하셨듯 저와 다울 님은 '아픈 사람'이라는 이름으로 묶이기에 다른 점이 정말 많은 듯합니다. 불일치는 사실 차이와 같은 말인데도, 별생각 없이 차이가 아닌 '불일치'라고 제가 적어 보낸 것은 아마 저도 차이를 그대로 받아들이기보다 제 생각이나 판단이 우선이라서 그런 것 같아요. 경고장처럼 느껴지셨다니, 사과드리고 싶습니다.

몇 개의 단어들로는 도무지 수식하기 어려운 시인이자 활동가 오드리 로드Audre Lorde는 자신과 파트너 사이의 "서로의 차이를 뭉개거나 흡수하지 않고도 하나가 될 수 있는" 관계가 "쉽고 단순하며 받아들이기 편한 것들에만 안주하지 않고 오랜 세월 힘써 노력하고 서로 대결하면서 다져진 것"이라고 말하더군요.[2] 제가 주변 사람들과 맺고 있는 관계들, 그리고 제가 쓴 편지들을 생각하면 아직 많이 서툴러서 부끄러워지는 동시에, 큰 위로도 얻습니다.

몇 달 동안 저희가 편지를 나누며 노력하고, 차이 안에서 대결하면서 다져진 관계는 어떤 형태일까요?

다음에 뵙게 되면 어떤 이야기를 나누게 될지 궁금하네요. 편지로 주로 뵙다가 직접 뵈면 약간 어색할지도 모르겠습니다. 편지로 소통하면서 그때마다 긴 시간과 공을 들이는 대화가 흥미롭다고 생각했어요. 요즘은 메시지를 주고받는 것도 통화하는 것이나 직접 만나 대화하는 것만큼 즉각적이어야만 하는 것 같은 느낌을 많이 받는데, 어떤 말을 전하기까지 며칠에서 몇 주만큼 고민할 시간이 주어지니 한편으로 숨통이 트이는 것 같았습니다.

입춘이 지나고 집에서 기르는 식물들에는 푸른 잎이 조금씩 돋아나기 시작했습니다. 어떤 아이들은 이미 꽃도 피웠어요. 기다릴 답장이 없다는 게 어쩐지 허전하네요. 편지를 쓰지 않는 동안 조금 심심할 것 같습니다. 다음에 편안한 곳에서 맛있는 음식을 앞에 두고 만나요.

2022년 2월 6일
책의 마무리를 다울 님의 맺음말로 넘겨
마음이 조금 가뿐해진 안희제 드림.

어쩌면 성공한지도 모르는 일

。

처음 쓴 책《천장의 무늬》는 일기의 형식을 띠고 있지만 그렇다고 해서 목차대로 글을 완성한 것은 아니다. 물론 '등의 일기'라는 이름으로 내 웹사이트에 셀프 연재를 하던 중에는 순서대로 글을 썼다. 하지만 연재를 멈추고 한 권의 책을 만들고자 결심하고부터는 메모 정도에 그치는 미완의 글들을 이리저리 순서를 바꾸거나 몇 편의 글을 삭제하기도 하면서 때에 따라 완성했다.

 그런데 이 책《몸이 말이 될 때》는 글을 한 편 쓸 때마다 꼭 완성해야 했다. 나중에 크게 수정하거나 삭제하고 싶은 부분이 생겨도 별수 없었다. 상대방이 이미 성실한 답장을 써줬거나 쓰고 있기 때문이다. 한 명이 크게 수정하면 다른 한 명도 크게 수정을 해야 했다. 했던 말을 번복하고 싶다면 다음 편지를 통해 사죄하거나 변명하는 등의 절차를 밟기로 했다. 그렇게 희제 님과 나는 번갈아 마감을 쌓아나갔다.

　우리는 잘 모르는 사이였기 때문에 예를 갖춘 글쓰기를 시도했다. 물론 의도치 않게 실례를 하거나 의도적으로 상대를 도발할 수 있었다. 하지만 희제 님과 나 둘 다(아마도?) 웬만하면 자신의 호전성을 뒤로 밀어둔 채 글을 썼다. 예를 갖춘 글쓰기는 나의 버르장머리를 많이 고쳐주었다. 한 주 내내 희제 님께 드릴 답장을 생각하다 보면 충동적이고 참을성 없는 생각들이 잠잠해졌다.

　예를 갖췄다고 해서 우리의 대화가 순탄한 것만은 아니었다. 희제 님이 인사말에서 거듭 말한 대로 우리의 이야기는 '차이(불일치)'로 가득했다. 당연한 수순이었다. 우리가 한 사람이 아니기 때문이다. 희제 님과의 다른 경험은 나만의 고유한 이야기를 탄생시키기도 했고 동시에 정말 비슷한 감각을 상기시키기도 했다. 차이가 재미를 보장한다는 희제 님의 말씀에 백 번 동의하며 나는 생각한다. '이 정도면 희제 님이 인사말에서 언급한 특수와 보편 모두를 취한 것 아닐까?', '이것을 꼭 실패라 불러야 할까?' 우리는 이렇게 또다시 불일치

맺음말

를 보인다.

이 편지는 여름의 폭염부터 겨울의 한파, 봄의 온기까지 모두 겪었다. 희제 님과 나는 서로의 일상과 안위를 한 주나 두 주에 한 번씩 알게 되었다. 그런데 편지를 쓰는 동안 삶이 무탈하지만은 않았다. 희제 님께 편지 〈피고와 원고 모두 저입니다〉를 보냈을 때 그 탈은 최고조에 이르렀다. 편지에 적은 대로 갑작스레 심해진 통증 탓에 다시 휴학을 결정한 시기였고, 휴학 신청을 위해 병원에 진단서를 받으러 가서는 섬유근육통과 중증의 우울증 진단을 또 한 번 받고 돌아왔다. 나는 그때 자주 극적으로 울었고 그래서 내가 이 일을 잘 마칠 수 있을지 걱정되었다.

그런데 답장을 받고 다음 편지를 쓰던 날 다시 한 번 극적으로, 여러모로 회복하기 시작했다. 발병의 이유가 명확하지 않은 것처럼 회복 역시 그 이유가 명확하지 않았다. 그럼에도 확실한 것은 내가 편지를 보냈을 때 그것을 읽어줄 최초의 수신인이자 독자인 희제 님의 존재가 큰 응원이 되었다는 것이다. 맺음말을 통해 감사를 전하고 싶다.

질병 경험에 대해 논픽션으로 쓰는 일을 그만두고 싶던 적이 있다(그리 많이 쓰지도 않았는데). 요즘은 생각이 달라졌다. 엄마가 불과 몇 달 전 한 칼럼을 보고 내 질병에 대해 드디어, 완전히 이해하게 됐다고 말씀하셨기 때문이다. 만성질환을 가진 채 '미국의 유명 대학'에서 일하는 한국인 교수님의 말 중 '방전된 몸'과 같은 비유가 내가 그동안 한 말과 완전히 일치한 것이다. 혹시 내가 몸에 대해 한 말이 누군가 자신의 병에 관해 인정을 받는 계기가 된다면 참 좋을 것 같다. 일종의 실용서로 쓰임받는 상상이다.

몸에 관한 어휘를 잘 발굴하고 발견하며 확장해나가고 싶다. 또한 오래도록 수신인이자 발신인이고 싶다. 말이 된 우리의 몸은 과연 어떤 공간과 시간을 떠돌게 될까? 예상치 못한 때와 장소에서 저 스스로 활약하고 있다면 즐거울 것이다. 말에 말이 덧붙어 새로운 말이 되고 그것이 다시 누군가의 몸이 되는 상상도 해본다. 그렇게 다양한 몸과 말이 널리 널리, 혹은 아주 가까운 곳에 닿기를 두근거리는 맘으로 바라본다.

이다울

주

인사말

1 아이리스 매리언 영, 《차이의 정치와 정의》, 김도균 · 조국 옮김, 모티브북, 2017, 26~27쪽.

2 〈무쇠 같던 몸이 골골, 세상은 엄살이라고…'아픈 20대'의 삶〉, 《경향신문》, 2020.11.28.

3 이다울, 《천장의 무늬》, 웨일북, 2020, 24쪽.

복권에 당첨된다면 _ 이다울

1 안희제, 《난치의 상상력》, 동녘, 2020, 26쪽.

여전히 살아있다면 _ 안희제

1 Judith Halberstam, *In a Queer Time and Place*, NYU press, 2005, pp.1~21.

2 이다울, 《천장의 무늬》, 웨일북, 2020, 120쪽.

아픈 언어들의 백일장을 열고 싶어요 _ 이다울

1 전혜은, 〈수잔 웬델 — 손상의 현상학자〉, 《여/성이론》, 도서출판여이연, 제27호, 2012, 193쪽.

'당신'에게 초점을 맞추겠습니다 _ 안희제

1 정진영, 〈현장에서 2인칭 관점 윤리의 구현과 지속 — 노들 장애인 야학에서 활동가와 장애 당사자 간의 관계를 중심으로〉, 《도시인문학연구》, 서울시립대학교 도시인문학연구소, 제12권 2호, 2020, 7~29쪽.

2 Adriana Cavarero, *Relating Narrative : Storytelling and Selfhood*, trans, Paul A. Kottman, Routledge, 2000, p.92.; 주디스 버틀러, 《윤리적 폭력 비판》, 양효실 옮김, 인간사랑, 2013, 62쪽에서 재인용.

타인의 신발을 신어보는 것처럼요? _ 이다울

1 안희제, 《식물의 시간》, 오월의 봄, 2021, 95~98쪽.

아픈 척을 하기도 힘들어졌습니다. _ 안희제

1 김초엽·김원영, 《사이보그가 되다》, 사계절, 2021, 250~251쪽.

우리는 계속 미끄러지고 있습니다 _ 안희제

1 수전 손택, 《은유로서의 질병》, 이재원 옮김, 도서출판 이후, 2002, 231쪽.

그들에게 한 방을 날릴 수 있을 겁니다 _ 안희제

1 기시 마사히코, 《망고와 수류탄》, 정세경 옮김, 두번째테제, 2021, 21~39쪽.

병원 방문의 고수가 되었습니다 _ 이다울

1 동물에 관해 쓴 짧은 수필로, 이다울의 웹사이트 pul-lee.com에서 확인할 수 있다.

저는 '착한' 환자입니다 _ 안희제

1 Talcott Parsons, "Illness and the role of the physician: a sociological perspective", *The American journal of orthopsychiatry*, 21(3), 1951, pp.452~460.

2 Matthias Zick Varul, "Talcott Parsons, the Sick Role and Chronic Illness", *Body & Society*, 16(2), 2010, pp.72~94.

각종 진통제를 삼킬 수밖에 없잖아요 _ 이다울

1 안희제, 〈아픈 이야기를 쓰고 싶지 않다〉, 《비마이너》, 2021.11.16.

2 안희제, 〈시원치 못한 대답〉, 《비마이너》, 2021.8.12.

조금 다른 구원과 희망을 상상합니다 _ 안희제

1 너멀 퓨워, 《공간침입자》, 김미덕 옮김, 현실문화, 2017, 33쪽.

2 우에노 지즈코, 《논문 쓰기의 기술》, 한주희 옮김, 동녘, 2020, 15~17쪽.

3 조한진희·다른몸들 기획, 《아픈 몸, 무대에 서다》, 오월의봄, 2022, 325쪽.

불일치에 대하여 _ 안희제

1 알랭 바디우, 《투사를 위한 철학》, 서용순 옮김, 오월의봄, 2013, 73~80쪽.

2 같은 책, 78쪽.

3 도미야마 이치로, 《유착의 사상》, 심정명 옮김, 글항아리, 2015, 262쪽.

4 한종선·전규찬·박래군, 《살아남은 아이》, 이리, 2013, 11쪽.

5 알랭 바디우, 《투사를 위한 철학》, 75쪽.

6 〈장애인 활동가 200명, 세종시 6차선 도로 점거 "장관 나와라"〉, 《비마이너》, 2021.4.20.

7 비마이너 기획, 《유언을 만난 세계》, 오월의봄, 2021, 9쪽.

8 홍은전, 《그냥, 사람》, 봄날의책, 2020, 26쪽.

9 리베카 솔닛, 《어둠 속의 희망》, 설준규 옮김, 창비, 2017, 10~12쪽.

10 가시라기 히로키, 《먹는 것과 싸는 것》, 김영현 옮김, 다다서재, 2022, 243~247쪽.

11   일라이 클레어, 《망명과 자긍심》, 전혜은·제이 옮김, 현실문화, 2020,
252쪽.

12   김초엽, 《우리가 빛의 속도로 갈 수 없다면》, 허블, 2019, 52쪽.

병신, 게으름뱅이, 꾀병 같은 말을 들으면서도 _ 안희제

1   권김현영 엮음, 《피해와 가해의 페미니즘》, 교양인, 2018, 25쪽.

2   오드리 로드, 《시스터 아웃사이더》, 주해연·박미선 옮김, 후마니타스,
2018, 315쪽.

참고 문헌

기시라기 히로키, 《먹는 것과 싸는 것》, 김영현 옮김, 다다서재, 2022.

기시 마사히코, 《망고와 수류탄》, 정세경 옮김, 두번째테제, 2021.

권김현영 엮음, 《피해와 가해의 페미니즘》, 교양인, 2018.

김초엽, 《우리가 빛의 속도로 갈 수 없다면》, 허블, 2019.

김초엽·김원영, 《사이보그가 되다》, 사계절, 2021.

너멀 퓨워, 《공간침입자》, 김미덕 옮김, 현실문화, 2017.

도미야마 이치로, 《유착의 사상》, 심정명 옮김, 글항아리, 2015.

리베카 솔닛, 《어둠 속의 희망》, 설준규 옮김, 창비, 2017.

비마이너 기획, 《유언을 만난 세계》, 오월의봄, 2021.

수전 손택, 《은유로서의 질병》, 이재원 옮김, 도서출판 이후, 2002.

수전 웬델, 《거부당한 몸》, 김은정·강지영·황지성 옮김, 그린비, 2013.

한종선·전규찬·박래군, 《살아남은 아이》, 이리, 2013.

안희제, 《난치의 상상력》, 동녘, 2020.

안희제, 《식물의 시간》, 오월의봄, 2021.

알랭 바디우, 《투사를 위한 철학》, 서용순 옮김, 오월의봄, 2013.

오드리 로드, 《시스터 아웃사이더》, 주해연·박미선 옮김, 후마니타스, 2018.

우에노 지즈코, 《논문 쓰기의 기술》, 한주희 옮김, 동녘, 2020.

이다울, 《천장의 무늬》, 웨일북, 2020.

일라이 클레어, 《망명과 자긍심》, 전혜은·제이 옮김, 현실문화, 2020.

전혜은, 〈수잔 웬델 — 손상의 현상학자〉, 《여/성이론》, 도서출판여이연, 제27호, 2012.

정진영, 〈현장에서 2인칭 관점 윤리의 구현과 지속 — 노들 장애인 야학에서 활동가와 장애 당사자 간의 관계를 중심으로〉, 《도시인문학연구》, 서울시립대학교 도시인문학연구소, 제12권 2호, 2020.

주디스 버틀러, 《윤리적 폭력 비판》, 양효실 옮김, 인간사랑, 2013.

하미나, 《미쳐있고 괴상하며 오만하고 똑똑한 여자들》, 동아시아, 2021.

홍은전, 《그냥, 사람》, 봄날의책, 2020.

Cavarero, Adriana, *Relating Narrative : Storytelling and Selfhood*, trans. Paul A. Kottman, Routledge, 2000.

Halberstam, Judith, *In a Queer Time and Place*, NYU press, 2005.

Parsons, Talcott, "Illness and the role of the physician: a sociological perspective", *The American journal of orthopsychiatry*, 21(3), 1951.

Zick Varul, Matthias, "Talcott Parsons, the Sick Role and Chronic Illness", *Body & Society*, 16(2), 2010.

참고 문헌

첫 번째 맞불 |《우리는 아름답게 어긋나지》

'언어생활자들이 사랑한 말들의 세계'에서
편지가 도착했습니다.

**"번역은 내가 글이 되는 과정인 것 같아.
사랑한다는 건 그런 거니까"**

×

두 번역가가 읽고 쓰는 이들에게 보내는 다정한 간섭

《나쁜 페미니스트》,《트릭 미러》등 화제작을 우리말로
옮기며 한국 페미니즘의 경계를 넓힌 노지양과 "섬세하
고 가독성 높은" 번역이라는 호평을 받으며 유영번역상
을 수상한 홍한별이 번역과 삶에 관해 서로에게, 독자님
께 보낸 편지를 열어보시겠어요?

　　같은 일을 하는 동료이자 결혼과 육아라는 경험을
공유한 여성이기에 나눌 수 있는 적은 수입에 관한 고민

과, 혐오와 비하가 담긴 내용을 한국어로 옮겨야 할 때의 딜레마, 시간이 흐를수록 낡아가는 언어 감각에 대한 걱정 등 옮긴이의 진솔한 고백이 담겼습니다.

편지를 주고받으며 둘은 서로에게 안전한 청자와 미더운 화자가 됩니다. 하지만 상대를 함부로 침해하지 않으려 조심하기도 하는데, 예를 들면 지양이 세상을 떠난 친구에 대해 들려줄 때, 한별은 섣불리 위로하거나 공감하는 대신 이렇게 말합니다. "나한테 그런 이야기를 들려줘서 고마워." 편지 곳곳에 이런 예의 바른 심호흡이 뭉클하게 녹아 있습니다.

"사회적·경제적 보상이 많지 않은데도 우리가 이 일을 하는 건 어쨌든 글을 쓸 때의 기쁨 때문이 아니겠어? 원문에서 느껴지는 아름다움을 조심스럽게 내 언어로 어루만져 이루어내는 일. 거기에 속절없이 낚여버린 거야." 읽고 쓰는 것에 마음을 빼앗겨 번역을 시작한 지 20여 년이 흘렀지만 여전히 책과 함께하는 삶이 행복하다고 말하는 이들은 그야말로 '언어생활자'입니다.

문자 그대로 언어 안에서 먹고, 살고, 미워하고, 마침내 사랑하고 마는 노지양과 홍한별의 편지가 연결이 희미해져가는 시대를 사는 우리에게 친구, 그리고 우정이라는 반가운 말을 알려줄 것입니다.

《우리는 아름답게 어긋나지》는 서점에서 만나보실 수 있습니다. 동녘의 '맞불'은 세상의 불씨가 될 여러분의 소중한 원고를 기다립니다.